李振平 主编
素素 著

一花一世界

荷花

泰山出版社 · 济南 ·

总序

放眼整个人类的文化文明历史，说自然界中最具审美观赏价值与意义的植物非花莫属，绝大多数人会深表认同。各色各样、争奇斗艳、芳香醉人的花，凝聚着天地精华，躁动着乡野元气，飞扬着生命激情，流溢着审美性灵，写照着人格精神。不仅美化了环境，靓丽了风景，映衬了天地，更温柔了血液，活泼了心性，浪漫了情致，诠释了无限的美与诗意。

综观人与自然界的万千联系，说人与花的关系属于最密切最广泛一类，更是毋庸置疑。从古至今，人们将无限繁复无比美好的情感寄寓花卉之中，各色各样、争奇斗艳、芳香醉人的花，其色与味、气与韵、形与神、情与思、品与格、美与魅，从生活到艺术与人类息息相关，纵贯于人类历史发展、文化嬗变的各个时段，连通起每个个体生命的丰饶情思，成就了数不胜数的文学佳作名篇。

古时的文人雅集自然是少不了花的，且不说文人墨客们兴致勃勃展示自己插花手艺时的别有情趣，就连喝酒行令也常常以花为题，“飞花令”在唐宋两代是文人雅集时最喜欢的酒令之一，不知有多少唐诗宋词佳句，定格再现了文人墨客与梅相悦、与兰相得、与菊相立、与荷相揖的精彩瞬间；而今时的好友相约因花起意的更是寻常可见，“踏雪赏梅”“游湖观荷”“品茶鉴兰”“把酒看菊”的主题约会频频不断，或追溯流金年华的青春岁月，或缅怀懵懂青涩的美好初恋，或交流事业成功的各自欢喜，或相邀耄耋之年的再度相会……不知有多少美文靓图记载还原了休闲人生的惬意时光。

在从古至今的文学书写中，花更是一个长盛不衰的聚焦点，甚至可以说是一个永恒的母题。最早的诗歌总集《诗经》就写到了多种花，如《摽有梅》里的梅花、《桃夭》里的桃花、《有女同车》里的芙蓉花、《山有扶苏》里的荷花、《溱洧》里的兰花与芍药等，多属对花之美或似花美女的欣赏和咏叹。自《诗经》后，中国古典诗词中写花的名家名作堪称浩如烟海，其诗家、篇目之多至唐宋两代达到巅峰。

仅以梅花为例，从唐代的李白、杜甫、韩愈、柳宗元、李商隐、白居易、王维、孟浩然、元稹、崔道融、蒋维翰、张谓，到宋代的苏轼、陆游、王安石、范成大、欧阳修、李清照、辛弃疾、赵长卿、晏几道、姜夔、卢梅坡、陈亮……真是无以计数。诗人们或咏叹梅花的凌寒报春，或仰慕梅花的高洁坚贞，或赞誉梅花的皓态孤芳，其实都是在礼敬梅花"雪虐风饕愈凛然，花中气节最高坚"（陆游），"只留清气满乾坤"（王冕）的傲骨与精神。

这套"一花一世界"丛书策划的宗旨，是以花为切入点，通过梳理其从自然界进入人们生活并被人格化，逐渐成为中国的审美意象和文化符号，进而对国人的品行气质产生了深远影响的过程，诠释其承载着的博大精深的民族人文情怀和精神品格。

第一辑，我们甄选出在中国传统文化语境中最具典型意义的梅、兰、荷等几种花卉，邀集当代文坛几位女性散文大家执笔，从花的自然属性（生长于原野大地）、社会属性（走进庙堂和寻常百姓家）、文化属性（进入诗词歌赋、绘画书法）、审美属性（承载民族风情能指、精神象征意义、文化品格象喻）几个大维度切入，以立意高远、情趣洁雅、调性优美、思绪灵动、文字鲜活的生花妙笔，写她们各自眼里、心里、记忆里、镜像里的花，以及因花而勾连起的多姿多态的人生与人性世界。

从书里所写、所品、所思、所咏之花，不只是自然界各色花卉遍野绽放优美景色的文学描写，亦不只是花与山河相伴与岁月相守生生不息的前世今生的轨迹梳理，更是中华民族文化文明发展流变的精神投射。女作家们抛开了人们给花卉贴上的“风姿绰约”“色彩斑斓”“争奇斗艳”“赏心悦目”等泛化标签，紧扣每一种花的鲜活个性、生命特质、审美品格和精神气质，从自然物象本身的花之美、花之魅，到人们借花寄托表达情感心绪的转寓性移情之美，再到花进入古典诗词和现代文学作品中成为审美意象的隐喻象征之美，写出从古至今每一种花的流变、转型、增殖，甚或逆行过程中的所有逸闻趣谈、故事传说、爱恨情仇、悲欢离合，解读其能指的高尚人格、高洁道德和高雅气韵等意象审美特质，着力发探其丰饶鲜活的文化蕴含，为读者探寻人文中华的历史缘起和兴替嬗变的脉络源流，廓清厘定了中国“花文化”广远丰博之内涵。

写进这套丛书中的每一种花卉，不仅敞开了姹紫嫣红的自然之美，更以伟大的人格力量、高洁的道德情操、深厚的文化内涵，表征了华夏大地大爱无言、大德昭昭的沉朴民风和中华民族大悲大悯、大道大义的浩然国风。以文字定格的每一朵花儿，既蒸腾着熊熊烈火的极温，又凝聚着血液最浓稠最活跃的成分，注解着坚强不屈的中华民族精神和仁者博爱的文化品格；被文字激活的每一朵花儿，既如一泓行云流水，也如一句生活注解，诠释着葱茏翠绿的时光风华和真实安静的生命存在，给需要的人以欢喜以慰藉以启迪以审美以沉醉。

现在，请您，轻轻翻开这套丛书吧，嗅香、品魅、审美并沉醉。

李掖平

2021年6月

目录 CONTENTS

引子

2020，灾难改变了无数人的命运，也改变了我的生活向度，整整一年时间，我与荷花成了知己。或闲素宅家，左把芰荷右把杯，或轻装野游，晴湖无人荷自开。如一叶方舟，荷花无语地载着我，在世外般的香氛里沉醉。

一花一世界。原来，生命当真不需要那么多，世界向我关闭了一扇窗，却为我打开了一扇门。至暗时刻，从门缝里射过来一道光，沿着它，我走向那方池塘、那片荷花。眼前，一亮，再亮，身与心，如经历一场私奔式的恋情。月照花林，尘埃不染。

在植物谱系里，有树族，有草族，有花族。花族里的每一种，都可以回答我，它是谁，从哪里来。与荷花如胶似漆地厮混时，我已把自己还原为自然界的生物，荷花和我是同类，不同只在，我是动物，她是植物。彼此相看时，慰藉，默契，竟是与生俱来。

然而，我是主，荷花是客。当她成了被观赏者，自然物象瞬间变成审美意象。在那些孤寂而缠绵的日子里，我的目光从未如此专注，心绪从未如此淡定，灵魂从未如此安适。于是，我知晓了荷花的前世和今生，闻到了荷花的艳馥和暗香，听见了荷花的密语和轻吟。

在这个世界上，一直有花开花落。但我只是一个愿为每一种美而驻足的俗人。回看过往，我对荷花并没有给予足够的体恤，更没有弯下身来与之相处。卓别林说，静听树叶摇曳声风声的心，是一颗爱艺术爱人类的心。2020，我用文字的方式聆听荷花，不啻为一场心灵的自赎。

荷花与水杉、银杏，都属于未被冰川噬吞而幸存的孑遗植物代表，侏罗纪和白垩纪两次灭绝事件，竟不曾让其根断花陨。在人类眼中，荷花因其外形美丽，由野生野长，而改为人工种植，继而成为名花。正是人的参与和观赏，赋予了荷花这种植物一定的人文色彩。但我发现，对荷花的审美，今人稍逊古人，或者说，今人一直在“拷贝”古人。因为古代时间流淌得很慢，而古人在时间的上游，他们把该说的都说尽了，今人只能拾得几片掉落的花瓣。

自然界的许多花卉曾被人类当作文化图腾。在中国文人士大夫笔下，荷花是君子之花，被喻为仙子、净客。文人士大夫的传统美德，就是“出淤泥而不染”的洁意识。或“秋水芙蕖，倚风自笑”，或“清水出芙蓉，天然去雕饰”，历历可见的遗世名句，皆以“洁”“净”为宗。

信仰是人类精神的终极指向，荷花则盛开在信仰的极顶。张潮《幽梦影》云：“植物中有三教焉：竹梧兰蕙之属，近于儒者也；蟠桃老桂之属，近于仙者也；莲花薝卜之属，近于释者也。”释者，即佛也；荷花，即圣坛之花也。与荷花相近者，必为“避嚣炎而甘寥寂者”，超逸出尘，独与天语。

2020，时异世殊，万事无定。偏安一隅，读荷，品荷，咏荷，遂成一次涤心之旅。

上篇

读·荷之真

荷花植根于水，清白，出尘，无拘，落落大方。

她来自远古时期。圆润的花瓣，沾着远古的雨露；清晰的肌理，写着远古的秘密。经受住了中生代两次生死大考验，终于等来姗姗而至的人类。虽经悠然万世，仍是最初的模样，红瘦绿肥，葳蕤摇曳。

在她心里，深藏着一个天堂。所以，才有云蒸霞蔚的艳、冰肌玉肤的美、荣枯皆安的真。本色如素，如禅，给人间点亮不灭的灯盏。

远　香

罗曼·罗兰说，如果把历史抽掉了时间，就成了神话。

的确，如果把荷花还给时间，也是神话。

我知道，地球形成史是个漫长的过程，地球上的植物也有先来后到的次序。最早是元古代，属于菌类和藻类的时代；之后是古生代，属于蕨类和裸子植物的时代；再后是中生代，则是被子植物的时代。裸子植物与被子植物最本质的区别在于，前者一般是不开

五代南唐 顾德谦《莲池水禽图》

花植物，后者一般是开花植物。就是说，被子植物的诞生，具有伟大的里程碑意义，因为在此之前，这个地球只有“鸟语”，从此以后，这个世界有了“花香”。

被子植物有万万千千，荷花自是其中的一种。

我的居住地在辽南，辽南是个半岛，东边是黄海，西边是渤海，这里盛产鱼虾。我喜欢去的地方是辽西，辽西虽然干燥，却被称为“第一只鸟飞起的地方”“第一朵花盛开的地方”，所以我常去那里看化石。

每次去辽西的博物馆，我都试图在那些远古化石里寻找荷花的影子，却始终没有找到。后来知道，这竟是荷花的幸运。因为有科学家断言，荷花是冰期以前的古老植物，它和水杉、银杏比肩，都属于未被冰川噬吞而幸存的孑遗植物代表。就是说，她曾经成功地逃过侏罗纪和白垩纪两场灭绝事件，因而能以被子植物“活化石”之名，一直鲜艳地摇曳到现在，让今天的我们依然能在池塘里看到荷花的楚楚身影。

在我的认知里，荷花因此而闪烁着神话的光芒。

在被子植物群里，很容易就能找到荷花的生命图谱。她是一株古老的莲属植物，不但在侏罗纪炽热的阳光下花枝招展，还目睹了侏罗纪主宰者恐龙的狂傲；不但在侏罗纪末日幸免于难，还与接踵而至的白垩纪相向而行。有记载说，在距今一亿多年的白垩纪时代早期，仍有十多种莲属植物分布在北半球的许多水域，荷花是最耀眼的那一种。

然而，在白垩纪晚期，那些曾与荷花相依为命的莲属植物，却没有逃过白垩纪末日之难。地球历史上有五次大规模物种灭绝事件，发生在中生代白垩纪与新生代第三纪之间的这一场，距今约六千五百万年。与侏罗纪末日一样，有人说是火山爆发，有人说是小行星撞击，总之灭绝了彼时地球上的大部分动物与植物，在地球上活跃了近两亿年的恐龙也自此消失。

白垩纪是中生代最后一个纪，此次灭绝事件亦成为中生代和新生代的分界。灾难造成全球气温骤然下降，有的植物消失，有的植物则被迫迁移。在这一场鬼使神差的迁徙中，曾经种类繁多的莲属植物只存活了两种：迁移至亚洲和大洋洲北部者，叫中国莲；迁移至北美洲者，叫美洲莲。

就是说，在侏罗纪末日，许多开花植物变成了僵硬的化石；在白垩纪末日，许多莲属植物也香消玉殒。在莲属植物里只有荷花一次次向死而生，在残酷而绝望的迁移中扑向新生代的怀抱，终于找到了自己的温床。于是，在荷花冰雪般的孤傲里，那两场大劫难留给她的伤痛若隐若现。

看到一个纪录片，片名叫《影响世界的中国植物》。有一段解说词大意为：地球已有四十六亿年历史，如果把四十六亿年换算成一天二十四小时，人类在最后三分钟才登场。我被这句话给震住了。是啊，在漫长的时间长河里，人类错过了太长的光阴、太多的故事，能与携香而来的荷花相见，实在是天赐之缘。

又在网上看到这样的记载：在中国柴达木盆地，科学家发现了一千万年前的荷叶化石，样子和现代的中国莲非常相似；在日本京都和北海道，科学家发掘出了二百万年前的莲化石，也跟现代的中国莲相似。

与此同时，还看到苏联植物学家A. H. 克里什托弗维奇的《古植物学》一书。于是知道，目前所见最早的荷花化石，分布在北半球的白垩纪地层中，说明只是局部气候和地质变化，令那片荷花遭遇了一个意外，而非物种的灭绝。由此，我更加笃信，荷花的生命绝对有一种超自然的神力，因为自从地球上有了荷花，她就一直寂寞而顽强地盛开着，自从人类遇见了荷花，她就不曾离弃，也从未消失过。

之后再去网上搜索，我看到了更多的荷花化石图片，或是一丛似凋未凋的荷花，或是几片张开的荷叶，像人工雕刻似的嵌在古铜色石面上，有一种让人心动的枯寂之美。只是，那些图片没有说明化石的出处，仅标注了化石的拥有者，或为“××自然博物馆”，或为“文物考古”，也没有具体的文字介绍。此外，还看到几张海荷花化石图片，拥有者为“××博物馆馆藏”。这是我第一次听说海荷花，想知道它跟荷花究竟是什么关系，然而在百度检索这几个字，出现的皆是拍卖信息。

写到这里，便想对拍卖者说，每一片化石的背后，皆隐有万古历史，拍卖时无文字说明，对天地人文，都是一种无礼。更何况，穿过侏罗纪和白垩纪的荷花，曾有亿万年的时光独对这个苍茫的世界，最早的陪伴者是蜜蜂、蝴蝶和鸟，而不是迟到的人类。

在古老而具有神性的荷花面前，迟到的人类永远要躬下身去，嗅闻远香。

古 莲

友人赠我两颗千年古莲子，从来到我家那天起，便一直静静卧在盒子里，看上去像小兽的两只眼睛，只要我打开盒子，它们就仿佛含有深意地与我对视。在幽幽可人的目光里，似有缠绵和亲昵，亦似有不安和胆怯，这便让我有了各种猜测。是想让我把你们再放回池塘，开出千年之前那样的荷花吗？是害怕我不小心给弄丢了，让你们再回到无边的黑暗吗？

尽管动过怜爱之心，我还是选择了沉默。一般需要万年以上才能形成化石，这是考古专家教给我的常识。既然是一千年前的古莲子，那就让它们继续以这样的姿态，老实待在盒子里吧。

庚子春日，受新型冠状病毒之害，所有的人都闭门宅家，友人却打来电话，专门聊那两颗古莲子，问寒问暖的，生怕我不拿它们当宝贝。不过，这却是个善意提醒，放下电话，我马上去打开盒子，像探看被关了禁闭的两个小囚徒。我发现，小兽般的一双眼睛不但更亮了，而且比以往更急切了，目光里不但没有了胆怯和不安，而且还好像汹涌着恼怒和抗议。在它们体内，那最后一滴水似乎还未散尽，那休眠的小心脏似乎正在等待被唤醒。

宋 牡溪《翡翠鹡鸰图》

古莲子出自辽南的普兰店。在我的经验里，荷花属于江南风景，因为那里自古就是水乡泽国。在北纬39度的普兰店，在没有大湖大泊的普兰店，居然能挖出千年古莲子，我一直都觉得不可思议。

辽东半岛南部有两座古城，一座叫金州，一座叫复州，普兰店旧名叫“孛兰铺”，它是夹在两城之间的一个古驿站。以我对辽南地域史的了解，这里只有几条发源于千山和老帽山的河流，而千山和老帽山属于长白山余脉，山高，水量也丰沛，河道灌满了，水就会像士兵半路开了小差，于是就形成了大大小小的水泡子。泡子是辽南民间的俗称，因为比湖泊小，比池塘大，所以就有了这么个不尴不尬的叫法。正是从那些泡子里长出了片片荷花，才让亘古荒凉的辽东半岛有了些许的喧闹和色彩。

关于古莲子的成因，友人是这样解释的：再美的山川风物，也抵不住沧海桑田。那些湍急的河流经过年深日久的冲积，转而又把那些原本就不大的泡子淤填塞满，于是水涸而花萎，深秋脱落的莲子，翌年春天已不再发芽，然后被埋压于淤泥之下。

的确，一千多年前，长白山并没有火山喷发的记录，辽东半岛也没有地震海啸的记载，所以古莲子的成因与重大地质灾害无关。再说，一千多年前，北方正是契丹人策马横戈的天下，他们甚至在辽东半岛蜂腰处修了个哈斯罕关，这也是中国历史上比较早的海关。契丹人原本是住帐篷的，后来即使住上了跟汉人一样的房子，也不曾在这一带大兴土木，更何况辽宋双方订“澶渊之盟”时，在宋真宗赠给萧太后的礼品清单里就有荷花籽，所以不可能是人为地把盛开荷花的泡子填了。

我注意到，在中国古代的荷花典籍里，根本就看不见普兰店，更看不见普兰店的荷花。古莲子发现于近代，因而让普兰店出了风头，古莲子几乎成了普兰店的代名词。

友人说，别的种子，过不了多久就会湮灭于尘埃，古莲子却是一个例外，即使从淤泥层沉降到泥炭层，也不过是以假眠的方式，等待重见天日之时。

19世纪末，在普兰店东郊一个叫谷泡子的地方，有人挖出了一种硬如卵石、壳已炭化的古莲子。这便成了一个开始，此后发生的诸多事件，仿佛是上天按照时空经纬，为古莲子们预先编好的脚本。

1907年，普兰店出土的古莲子被人带到了日本，拿它们做实验的是京都帝国大学的一位教授，也许他并不知道古莲子有多古老，只是兴味盎然地想让它们发芽，结果却未能如愿，古莲子还是古莲子。

十多年后，日本植物学家大贺一郎来到普兰店，以地质调查的名义，在普兰店的泥炭层中亲自采到了古莲子，在他的实验室培育出芽后，转种到大连市内一座公园的池塘里，而且古莲子在那里开出了花朵。

20世纪50年代初，中国科学院植物研究所的专家来到普兰店，

宋 佚名《疏荷沙鸟图》

随后把五百颗古莲子带回北京。一下子采集到这么多，据说是因为它们裹藏在花瓣刚刚落净的莲蓬里。经碳十四同位素测定，其产生约距今一千二百年，可以称其为世上“最长寿的种子”。当它们被培植成古莲实生苗，又有了一个命名：中国古代莲。

这是轰动整个中国的大事件。1959年，在北京火车站通车剪彩仪式上，毛泽东随意抽出一张代表通车的火车票，见票面上写的终点站是普兰店，脱口说道：“这不就是古莲的故乡吗！”

古莲之乡，自此就成了普兰店的代名词。时任中国科学院院长的郭沫若，曾专门为其作诗一首：

一千多年前的古莲子呀/埋没在普兰店的泥土下/尽管别的杂草已经变成泥炭/古莲子的果皮也已经硬化/但只要你稍稍砸破了它/种在水池里依然迸芽开花

我听说，此后的普兰店，以荷花为名片，凡是有水的地方，就有荷花开得烂漫。其实，普兰店的幸运，不在于现在有多少荷花开放，而在于有千年古莲子在这里出土。

莲子是生命的象征。千年古莲子，则是生命力的象征。在白垩纪末期，别的莲属植物都成了化石，荷花却以迁移的方式，逃过了那场大劫难。进入新生代，当荷花成为人类的宠儿时，她又开始了一种迁移，不是被碎裂的地壳托起，而是由人手传递，一衣带水的日本便是中国莲最早的输出地。

日本学者星川清亲写过一本《栽培植物的起源与传播》，他在书中说，日本的荷花在雄略天皇时期（公元5世纪）从中国经朝鲜传入。然而，1950年，在千叶市花见川区的检见川河畔，大贺一郎先后挖掘出三颗古莲子，还有一艘被认为是两千年前来自中国的古船遗骸，并断定，这三颗古莲子就是从这艘沉船上遗落的，直接修改了星川清亲的“5世纪传入说”。

此外，公元754年，东渡日本终于成功的鉴真和尚，行囊里就曾装了一包从扬州带去的莲子。当他亲自设计的奈良唐招提寺在奈良建成，那包新鲜的江南莲子，便由他亲手种植在寺内，且取名“唐招提寺莲”。

以莲相赠，素为中国古礼。为感谢友人田中隆对辛亥革命的支持，孙中山曾拿出自己珍藏的四颗普兰店古莲子，作为礼物送给了他。后经大贺一郎用植物生理学方法推算，这四颗古莲子种龄当在千年以上，尚有生命迹象。经过实验，果然有一颗莲子发芽开花，且花朵很大。之后，大贺一郎又拿它与“唐招提寺莲”杂交出一个新品种，这便是“孙文莲”的由来。

爬梳中国莲在中日之间的穿行记录，曾让我极度亢奋。种子的神奇，生命的神秘，人与植物的心神之交，如密码般呈现在我面前，看似辗辗转转，血脉和基因却条分缕析。事实上，深埋地下而能复活的古莲子，很早就有案可查。明末清初谈迁所著《北游

宋 佚名《出水芙蓉图》

录记闻》写道："赵州宁晋县有石莲子，皆埋土中，不知年代。居民掘土，往往得之数斛者，状如铁石，肉芳香不枯，投水中即生莲……"

明末清初赵州宁晋县，在今天的河北境内，这是史籍里唯一关于古莲子重生的记载。只是不曾听说，明清时期重生的石莲子，如今可以在哪一片水塘里找到踪影。

好在是信息时代，有关古莲开花的消息，早已非普兰店独有。

在北京西郊温泉乡太舟坞村，有人发现了种龄在五百七十年至五百八十年的古莲子，而且荷花在池塘里绽放嫣然。那地方叫"太子府"，古莲子便被命名为"太子莲"。

在山东梁山县平原水库，有人挖掘出了种龄在五百九十年至七百三十年的古莲子，培育之后也花开绰约，命名为"梁山古莲"。

此外，在辽宁沈阳、河北三河、山东济南、河南开封等地，都曾挖掘到距今几百年乃至两千多年的古莲子，且能发芽、生长、开花、结子，有的古莲子甚至是自我萌发。

挖出百年或千年的古莲子，已经不足为奇，最令我感动的，其实是挖掘者对古莲子的态度。他们与它们相遇的一刻，你能看出那是生命与生命的久别重逢，那里有生命对生命的悲悯和关怀。

从大连去普兰店，不到一个小时车程。有一天，我独自驾车去了那座千年古莲园，就像去朝圣。

园子主人告诉我，最近他把五颗20世纪50年代出土的古莲子拿给北京大学考古专家检测。实验室出具的检测报告显示，最老的一颗古莲子，可追溯到距今一千五百年的汉朝。

在这个园子里，我还听说，有专家认为，普兰店出土的古菱角，有五千年至八千年的历史，据此推断，所谓的千年古莲子，可能在那时就已经与古菱角晚凉相对了，只是还没有被找到。

我就想，古莲子在地下等待，人类在地上等待。古莲子都不着急，人类急什么呢?

关于沉睡千年的古莲子何以能开花，已成半个植物学家的园子主人给我两点解释：首先，与莲子的结构有关，莲子的外皮坚硬致密，把种子封闭在里面，外面的水分和空气无法渗入，种子内的水分和空气也无法散失，莲子相当于处于休眠状态；其次，与莲子的埋藏环境有关，它们被埋在泥炭层中，而泥炭有吸水防潮的特性，再加上有厚厚的泥土覆盖，莲子没有生根发芽的条件，因而保存了生命力。

这等于说，我手中的两颗古莲子，也是在至暗的那一刻，瞬间把自己变成了密封袋。也等于说，如果把它们交给科学家，它们也会重新开出荷花，而且会繁育出一代又一代。只是，若真如此，它们就不再是千年古莲子了。

回家之后，我不敢再去打开那个盒子，因为我害怕那两只小兽样的眼睛突然涌出泪水。

花 名

我居住的城市，优点是四季分明，缺点也是四季分明，冬天一派苍茫，只能在家里看花。即使是夏天，日常所见的花，也是相当单调。我认识的花本来就少，有的还叫不出名字，说起来赧颜。

那年去西班牙和葡萄牙，女儿知道我出门旅行喜欢拍花，特地帮我下载了一个名叫“形色”的App，用它拍任何树木花草，可立知其名。出去一试，果然好用。

叫不出花名是一种“盲”，花名太多也会产生另一种“茫”。中国的花，外文名字不算，光是汉语名字，就让你看不过来，因为多数的花在本名之外，还有别名，别名又往往不是一两个，而是一大串。

荷花就如此。百度百科云：荷花，又称莲花，别名芙蕖、菡萏、芙蓉、水芙蓉、草芙蓉、金芙蓉、水华、水芝、水芸、水目、水旦草、水宫仙子、君子花、天仙花、藕花、溪客……

罗列了这么多，亦非全部，给出的理由是：荷花原产中国，因其历史悠久，不同的时代，有不同的称呼。想想也对，看不见当年的荷花，看得见历代的古籍，都在上面写着呢。

殷周之际，荷花叫“芙蕖”，也叫“夫渠”。

“井田制”时代，“夫”是一百亩土地的代称。“渠”在许慎《说文解字》释云：“水所居。”合起来的意思就是，什么植物能很快就长满一百亩的湖泊呢，当然非芙蕖莫属也。可见，芙蕖者，以长势而名之也。

汉代的《尔雅》，是中国第一部词典，曾将荷花与芙蕖并称，且给各个器官分别定了专名：“荷，芙渠。其茎茄，其叶蕸，其本蔤，其华菡萏，其实莲，其根藕，其中菂，菂中薏。”南朝江淹《莲花赋》亦云：“若其华实各名，根叶异辞，既号芙渠，亦曰泽芝。”

西周之后，荷花叫“菡萏”。

《诗·陈风·泽陂》云：“彼泽之陂，有蒲菡萏。”于是，在历代文人笔下，菡萏便成了咏荷之热词。

唐代的李商隐，写过“惟有绿荷红菡萏，卷舒开合任天真”；宋代的欧阳修，写过“菡萏香清画舸浮，使君宁复忆扬州”；明代的唐伯虎，写过“帘垂菡萏花开上，鱼戏栏杆倒影中”；清代的洪昇，写过“悄偷窥，亭亭玉体，宛似浮波菡萏，含露弄娇辉”。

正因为被诗词大咖们反复吟咏，菡萏声色并美，跟文学史沾了光，一起灿烂到现在。

春秋以降，荷花叫“芙蓉”。

芙蓉之“蓉”，《说文解字》注为：“盛也。”意指荷花在水上盛开，且呈此起彼伏之状。《尔雅》释曰：“芙蓉之含敷蒲也。”《西京杂记》载曰：“文君姣好，眉色如望远山，脸际常若芙蓉。”

宋 佚名《晚荷郭索图》

至于芙蓉与菡萏如何辨识，还是李时珍说得明白。《本草纲目》曰：“菡萏，函合未发之意。芙蓉，敷布容艳之意。”即菡萏是未开之花，芙蓉则是盛开之花。

这就是汉字的功夫、汉字的神秘。同一朵花，在不同的时态里，必有汉字与之对应，且恰恰好。

虽有诸多别名，毕竟荷花是本名，也得名最早。

两三千年前，就有人在水边吟咏：“山有扶苏，隰有荷华。”“彼泽之陂，有蒲与荷。”但在各代名家那里，“荷”却各有所指。许慎《说文解字》曰：“荷，芙蕖叶。”郑玄《毛诗笺》曰：“荷，芙蕖之茎也。”陆佃《埤雅》云：“荷总名也，华叶等名具众义，以不知为问，谓之荷也。”

综观之，许慎和郑玄，虽然一个指叶，一个指茎，毕竟只是部位之差。陆佃就有点跑偏了，竟得出这么个结论：不知为问，谓之荷。幸好后面有个李时珍，他站在郑玄一边，通过自己的《本草纲目》，给了一个总结性定名：荷本为茎名，茎乃负叶者，故而荷有负荷之义。可见“荷”之得名，出于汉字的指事。

荷花的别称，叫莲花。在百度百科上，莲花列在所有的别称之前。这样的排序，或许是现代植物学纲目给予的认定。

其实，“莲花”之名，有佛教东来的背景。因为在东汉以前，即佛教传入中土之前，在古人给荷花的命名里，包括在《尔雅》里，没有“莲花”，只有“莲”。所谓的莲，指的也不是花，而是果实，即莲蓬或莲子。

东晋郭璞《尔雅注》载："别名芙蓉，江南人呼荷。"彼时佛教已盛，但他不提莲花，仍按旧说，曰芙蓉，曰荷。

宋人邢昺《尔雅注疏》载："北人以莲为荷。"此句里的莲，既非莲蓬，亦非莲子，而是莲花。

事实上，东汉以后，尤其是南北朝以后，受佛教影响，"荷花"与"莲花"已经混着叫了，而且不分天南地北。虽然是个分裂的时代，却修了那么多寺庙佛窟，吸引了那么多善男信女，"莲花"就这样被叫响了，挡也挡不住。

我看过一本《汉字与植物命名》，觉得中国古人给植物取名有很多讲究。我想，在没有名字之前，植物一直就在那里，名字当然是人类后加给它们的。

汉字是典型的象形文字，古人总结出六书理论，即六种造字方法，其中四种为象形、指事、会意、形声，《汉字与植物命名》是近年出的书，在讲汉字与植物命名的时候，它是根据《本草纲目》有关植物部分的分类来分类的。全书分为五部：草部、木部、果部、菜部、谷部。显而易见，编著者试图以古人的视角，来展现古人心目中植物世界的分类和图景。当然，这样编排，更因为汉字是个独立的系统，给植物命名，可以自成逻辑，自圆其说。

在这本书里，总能看到李时珍的影子。他的《本草纲目》是传统医药学宝典，收录各种药材近两千种，每列一种花草树木，他必

宋 佚名《太液荷风图》

是先解释其得名缘由，因为花草树木的汉字名称里面都含有先民对它的认知和经验，以及它的特性和功效。

有意思的是，此书只说草木，不说花，即使个别草木开花，也只说花的果实。比如荷花，好不容易在果部找到了，写的却是“莲藕”，且列在“水果”一栏，排在首位，依次是菱、芡实、荸荠、慈姑。

植物是有性别的，草木属于雄性，果实属于雌性，把荷花列入果实，不与草木混搭，也算准确吧。

汉字是中国人的母语，叫荷花仍为正宗。

但是，一个不争的事实是，荷花乃至众多的别名，却存在着一个不断更替的现象，不光是花的时态和样貌不同，叫法也跟着不同，而且不同的年代，不同的地域，也有不同的叫法。不同的叫法，对应的当然也是不同的汉字。于是，荷花花名的更替史，几可编一本汉字的流变史，文化的迭代史。

我发现，就字义而言，时间越是古远，荷花的花名越是优雅，反之，花名就越是花哨。或许跟品种繁多有关，或许跟商业化有关，总之花名取得越来越庸俗，越来越粗鄙。不是荷花糟蹋了汉字，而是汉字冷落了荷花。

汉字总比荷花更多。我查过资料：

东汉《说文解字》收录9353个汉字。

明代《字汇》收录33179个汉字。

清代《康熙字典》收录47035个汉字。

如今，《通用规范汉字表》收录常用字3500个，次常用字6500个……

就是说，因为古人能把那么浩繁的汉字用得得心应手，所以才把文章写得有声有色，给荷花取名也摇曳多姿。今人的脑子里充其量储存了三千多个汉字，怎么可能给新培育的荷花取出斯文一点的好名字呢？

小考荷花之名，竟生出了一些迷茫和沉重，也就此明白，麦天枢为什么要策划纪录片《汉字五千年》，因为他看见世上那些曾经兴盛了数千年的古老文明，除中华文明外，都是因为文字的亡故而陷落。又怎么能确定，汉字在当今时代消失的速度，追不上物种消失的脚步呢？

花　属

许多年前的夏天，我与友人一起去江南旅行，随便走到哪里，或遇见一池荷花，或看到满塘睡莲。友人便目光迷惑地问我，究竟睡莲属于荷花的一种，还是荷花属于睡莲的一种？这绝不是什么脑筋急转弯，而是一个普通的植物分类学常识。只是彼时没有手机，更没有百度，我支吾了半天，终未答出。

其实，中国古人曾写过一本《南方草木状》，著者是东晋人嵇含，他的另一个身份是“竹林七贤”之一的嵇康的侄孙。书中有“水莲”条，曰：“花之美者，有水莲。如莲而茎紫，柔而无刺。”说的既非荷花，也非睡莲，而是一种形状似莲的水草，又名野莲，学名为刺种荇菜。虽然未解答我的莲之惑，倒是让我意外知道，嵇含竟然是中国植物学的开山鼻祖，而且是世界上第一位植物学家，他比瑞典生物学家林奈建立的分类系统早了一千四百多年。

我是先知道了嵇含，然后去了解林奈的。于是又知道，从近代开始，植物分类才上升为一门科学，林奈的贡献是给每种植物都起了两个名称，一个是属名，一个是种名，连起来便成了这个植物的学名，林奈因此被称为“分类学之父”“植物学之王”。

当然，看到林奈的时候，手头已经有了“百度百科”，搜索任何一个植物，马上就会看到清晰的植物分类学纲目。

荷花是这样描述的：

中文名：荷花

拉丁学名：Nelumbo SP.

别名：莲花、水芙蓉、藕花、芙蕖、水芝、水华、泽芝、中国莲

界：植物界

宋 佚名《莲池水禽图》

门：被子植物门

纲：双子叶植物纲

亚纲：原始花被亚纲

目：毛茛目

科：睡莲科

亚科：莲亚科

属：莲属

种：荷花、黄莲花（美洲黄莲或美国莲花）

命名者及年代：Gaertn. Fruct. et Semin，1788

英文名称：Lotus flower

我注意到，荷花的命名年代是1788年，正好是林奈去世十周年。命名者叫Gaertn. Fruct. et Semin，其实是三个人名合署。除了中文名，荷花还有两个外文名。一个是拉丁文名Nelumbo nucifera，一个是英文名Lotus flower。其中，英文名的释义Lotus，荷、莲统称；flower，则是花。

在汉语表述里，荷花的本名和别名，明显有中国编撰者添加的成分，尤其是那一长串别名，以及对荷花的各种介绍，夹带了太多的入乡随俗的东西，外国人是看不懂的。

只知道荷花不行，还要知道睡莲。经过比照，终于看出了差异，也因此知道我为什么会有惑：

中文学名：睡莲

拉丁学名：Nymphaea tetragona Georgi

别称：子午莲

门：被子植物门

纲：双子叶植物纲

亚纲：原始花被亚纲

目：毛茛目

科：睡莲科

亚科：睡莲亚科

属：睡莲属

种：睡莲

命名者及年代：Georgi，1775

睡莲的可识别性，至此已知泾渭。中文学名为睡莲，而非荷花；别称为子午莲，睡莲只有一个别称，荷花却有多个；命名者，睡莲只有一人，荷花却有三人；命名时间，睡莲比荷花早了十三年。

有百度真好，陈年纠结，一朝豁然。

但是，睡莲与荷花，确有相似之处。虽然名称不同，却都属于睡莲科，而睡莲科的花，特点就是都会“睡眠”。因为她们都喜光，若在半阴处生长，便会表现出强烈的趋光性，因而白天是绽放的，晚间会像睡美人般闭合，翌日复再绽开。处于闭合状态的花，一旦被初日唤醒，外侧最先接受光照的花瓣，生长的速度反而就会变慢，隐蔽在里面的花瓣却仍在膨胀，于是花朵就由内而外扩张，直至完全绽放。当整个花朵盛开之后，露出来的花瓣也生长得慢了，于是，当傍晚的光线渐渐变弱，开了一天的荷花或睡莲，便再次闭合，进入梦乡。

两者之不同，在于荷花是挺水植物，睡莲是浮水植物。荷花的花和叶都高离水面，有的能高出水面一米以上，亭亭玉立。睡莲的花和叶则多半浮在水面上，她的开与合，她的睡与醒，比荷花更显妩媚。正因如此，同属一科的荷花和睡莲，从科之下的亚科正式分道扬镳，睡莲科的荷花划归莲亚科，睡莲科的睡莲划归睡莲亚科。因为亚科之后，便是花属和花种，荷花和睡莲，早已是风马牛不相及。

植物界有个恩格勒系统，即把睡莲科植物分为三个亚科：莲亚科、莼亚科、睡莲亚科。其中，睡莲亚科有六个属，包括睡莲属、芡实属、王莲属、萍蓬草属等。原来，睡莲从睡莲亚科与荷花分手后，遂与王莲成了同道。

我想，王莲和睡莲之所以在同一个亚科里混，大概因为她们的叶子都浮在水面吧？

某年深秋，曾与友人在墨尔本皇家植物园里闲逛。彼时，南半球是暮春，皇家植物园内树木葱茏，鲜花盛开。在一个长方形的玻璃房内，各种绿植和鲜花围绕着一个圆形水池，友人告诉我，浮在池面上的花，叫王莲。

那是我第一次听说王莲，更是我第一次见到王莲。它的名字太霸气了，还有它的叶子，和名字一样霸气。此外，它的质地不像植物，而更像布或塑料，那巨大的叶子，像人工制成的浮岛，特别有异类感。总之，王莲带给我的是陌生，令我好奇心大发。

细看卡片上的说明，王莲的故乡在南美的亚马孙。1801年，德国植物学家去南美旅行，在亚马孙河一个支流发现了它。1827年，以英国女王维多利亚的名字命名。1850年，王莲被引种到欧洲，成为热带水生庭园观赏植物。

澳大利亚属英联邦，这里又是皇家植物园，王莲自然受宠。记得那天，我在池边伫立了很久，像看史前怪物，感觉它应该与恐龙生在同一时代。

友人说，20世纪50年代末，亚马孙王莲从德国引入中国，原名叫“维多利亚女王”，改成中文名，简称“王莲”。不知底细，还以为叶大而“王”呢。

在水生植物中，它的确是个大叶王，直径最大竟有三米以上，且叶面光滑，叶缘上卷，犹如浮在水面上的大号玉盘。在花卉植物里，它也堪称“大力士”，叶脉结构呈肋条状，似一柄撑开的伞架，最多可承受六七十公斤重物。

适者生存。或许植物也有丛林法则，要想在亚马孙雨林立足，就必须从内心到外表都是强大的，无畏的，具有侵略性的。所以，

宋 佚名《秋荷野水凫图》

王莲的花语是威严。我想，她的威严，并非来自维多利亚女王之名，而是靠自己与生俱来的强硬。

此时此刻，我已无惑。在我面前，荷花，睡莲，乃至王莲，各有其美，独自成章。

翠　盖

那个细雨淋漓的傍晚，我决定去劳动公园看荷花。因为是雨天，公园里人少，境幽，适合赏荷。

劳动公园在市中心。从空中看下去，公园似嵌在城市胸前的一块祖母绿，若把市区比作客厅，公园又像养在客厅里的一盆绿植。在这个城市生活了四十多年，来过劳动公园不知多少次，不同的季节，看不同的花，包括一年一度的赏槐会，偶或一见的郁金香展。在这里看荷花却只有过一次，而且是此生的第一次。

那是1978年暑假之前，我独自一人坐上绿皮火车，从市郊来到市内。因为听家住市内的同学说，劳动公园有个荷花池，从幼儿园开始，爸妈就牵着她们的小手去看荷花。我没有公园里的童年，长大了也只是在书上读过荷花，在画里看过荷花，虽不生疏，但毕竟是零碎而扁平的印象。所以，我一定要去劳动公园看看真花。

与偌大的公园相比，荷花池更像个袖珍的中式盆景。岸上有一座木质凉亭，池中有一座花岗岩拱桥，桥和亭既是观花台，也是园中景致。这座城市被外国人侵占过，即使过去了多年，仍残留了些洋气的基因。公园里中式味道的小桥池水，与欧式风格的城市有一种显见的冲突和拧巴。

然而，水池里蓄势待发的花蕾，如一束束火焰，一下子把我给点着了。

只是那次观荷，可以用无知和仓促来定义。我的确看见了涨满池塘的荷花，但是看得很宏观，很概念化。这个失误，后来被我归咎于成长的年代，没读过一首唐诗宋词，所以再美的风景，也不懂如何沉湎其中，再美的花，也解不了半点风情。

这一次，又是独自去劳动公园观荷。

白天雨大，傍晚雨小，小到可以不撑伞。水池与凉亭皆在，荷花亦在。只是原先的花岗岩拱桥，变成了大理石曲桥。在池边新修了半圈剧场式大理石台阶，呈弧形绕向水池，台阶即是座位，好像是专为赏荷而设的看台。池里的荷花虽然淋在雨中，却依然繁盛如初。我心里骤生愧疚，荷花年年有花期，竟忽略了这么久，实在有负芳心。

“微雨过，小荷翻”，曾是颤动在苏东坡笔下的荷花。细雨落，荷欲燃，是此刻拥挤在我眼前的荷花。

有些是待开的花苞。古人叫“菡萏”，诗人叫“小荷才露尖尖角”“青春花姊不同时”。花苞是一种有期待的美，也是一种可以预见的美。其实，花苞是给翩翩少年看的，让他站在岸上伫立不去，

宋 佚名《荷花图》

“相思无因见，怅望凉风前”。花苞也是给怀春少女看的，让她在小荷的天然娇羞里，懂得了什么叫“半在春波底，芳心卷未舒”。

更多的，是正开或盛开的花朵。正开的荷花，古人叫“芙蕖”；盛开的荷花，古人叫“芙蓉”。中国的汉字，就是这么拿捏有度。然而，不管正开或盛开，诗人只消一句，就成点睛之笔，“水中仙子并红腮”。所谓的红，其实泛指粉红，从古至今，一直这么醒眼耀目。那性感的粉红，的确会让人想到女子的脸颊，想到女子的妖娆。尤其那花瓣上还缀满了雨珠，更有一种令人欲罢不能的妩媚，如辛弃疾所言，“红莲相倚浑如醉”；亦如杜衍所写，“凿破苍苔涨作池，芰荷分得绿参差。晓开一朵烟波上，似画真妃出浴时”。

何曰美？美，就是可望而不可即，即则失色。这是我对美一直保持的私见。然而，此刻在荷花面前，我却想“即”，想近一些，再近一些。尽管有人一再告诫，只可远观而不可亵玩，我也不愿只做一个观赏者。

荷有花之美。观其序，先叶后花，花是独立的一朵，且一面开花，一面结实；观其形，蕊名菡萏，茎名莲藕，果名莲蓬，实名莲子；观其色，红晕如脂，冰清玉润，楚楚生香。因而早在汉魏六朝，就有人把荷花之美写得淋漓尽致。王粲诗云：“幽兰吐芳烈，芙蓉发红晖。”刘桢诗云：“芙蓉散其华，菡萏溢金塘。”曹植诗云：“览百卉之英茂，无斯华之独灵。”

尤喜“独灵”二字，有无与伦比之意，亦有芳心成神之属。在曹植眼里，百卉皆有灵性，而荷花为最。又想到了黄巢，一个草莽英雄，竟写出“待到秋来九月八，我花开后百花杀”。只不过此处的“百花”是被节气杀的，他却问了菊花的罪。菊花是君子，不会去杀别的花，别的花也杀不了她。荷花更是君子，身在百卉丛中，却不掩“百卉之英茂”，唯守“斯华之独灵”。含芳垂荣，倚风自笑，其心何其美哉。

荷亦有叶之美。“莲叶何田田”，是汉乐府里的唱词，大概也是最早描摹荷叶的名句。田田，自此就成了荷叶的代名词，在其后的诗词歌赋里，不知被复制了多少次。诸如“叶乱田田绿，莲余片片红”“田田初出水，菡萏念娇蕊”，闪闪烁烁，屡见不鲜。我想，叶的样子非“田田”一词不可名其状。再说，古人不打版权官司，沿袭使用就不能算剽窃。

在现代汉语里，名词用如形容词，“田田”堪为范例。事实上，花开时短，一季而已，叶见时长，至少三季。可以说，叶更像是花出演之前的垫场，“绿盘擎出与人看”，情愿做那个拿着麦克喊话鼓掌的人。当垫场者长到“碧叶齐如规”，花款款登台，叶便甘居其后，或做高高举起状，或做轻轻掩映状，把所有的风头都让给了花。不过，叶骨子里却是大包大揽的，哪怕花凋落了，只剩下枯蓬，而叶自己也被风吹残，仍会像敲钟人卡西莫多那样，不离不弃，守护在最后。

荷花与荷叶，则是一种互相映衬之美。正因为盛开在田田荷叶之上，荷花才美得娇艳而奢侈。如曹植在《洛神赋》所写：“远

宋 于子明《莲池水禽图》

而望之，皎若太阳升朝霞；迫而察之，灼若芙蕖出渌波。”曹氏以荷花隐喻洛神，其迫而察之的画风应是这样的：绿是罗裙，红是朱唇，绿多是美，红少更是美，绿多和红少，不是相欺，而是相爱。

赞荷花之美，曹植确有绝代之功。读过他的《芙蓉赋》，而知荷花古今同貌；读过他的《洛神赋》，而知绿肥红瘦更是一种艳。读过了曹植，再去读杨万里的“接天莲叶无穷碧，映日荷花别样红”，读何中的“曲沼芙蓉映竹嘉，绿红相倚拥云霞”，读曹寅的“一片秋云一点霞，十分荷叶五分花”，便知什么叫文心相通，为什么称荷花为“翠盖佳人”。如果没有翠盖，她还会是佳人吗？如果红多绿少，她还会有举世公认的脱俗之美吗？

红与绿，是最难丈量分寸的，也是最危险的关系。过了就是俗，恰好就是雅。美与美相互成全，方抵极致。

当然，对荷花的审美，不只是红与绿这么简单。在古今所有写荷花的诗文中，我最喜欢的是《爱莲说》和《芙蕖》。周敦颐的《爱莲说》，写的是荷花之清美；李渔的《芙蕖》，写的是荷花之丰美。不同的是，《爱莲说》是诗赋，是虚写，虽写了荷花“七德”，却止于意象。《芙蕖》是散文，是实写，极写了荷花“三义”：可观、可闻、可口。意象与功用，兼而言之。不知为什么，我更喜欢文笃字素的《芙蕖》。

由读《芙蕖》，而寻来《水仙》，惊李氏为奇人。文曰：“予有四命，各司一时：春以水仙、兰花为命，夏以莲为命，秋以秋海棠为命，冬以蜡梅为命。无此四花，是无命也；一季夺予一花，是夺予一季之命也。”

以花为命，或“夏以莲为命”，唯李氏也。李氏之爱花，爱得清醒，爱得痴迷，爱到了骨子里。不为衣食，不为俗务，只为心志所求，灵魂所喜。反观今人，亦反观自己，侍花多是小情小趣，多为附庸风雅，项背何其远也。

这个傍晚，淋着小雨观荷赏花，像在完成一个仪式、一桩夙愿。心境与情境，从未如此通透。

至天渐黑时，几次想离开，终因“雨裛红蕖冉冉香”，久久不忍拔步。

荷　月

在汉文化的基因里，时间是个特别神秘的存在。记得小时候，每年的正月，母亲都要请阴阳先生到家里算命，不论给谁算，必是先把生辰八字报上。生辰八字和时间有关，这一年一次的算命，让我对时间心生敬畏。

《易经》是最古老的时间之书。算命先生看生辰八字，用的就是《易经》之阴阳五行说和四季八卦论。所谓“阴阳者，天下之大理也；四时者，天下之大径也”。阴阳和四时，总是周而复始，于是古代的先知很早就给不同的时间，确定了不同的名称。

元 佚名《荷花蜻蜓图》

比如一年四季的春夏秋冬，比如二十四节气的雨水惊蛰，比如每天十二个时辰的子丑寅卯。这是最重要的三个时间系统，名称也是固定的。此外，农历月份也是一个系统，而且在先秦时期就有了，只是两千多年沿袭下来，月份名称形成了诸多序列，或以天干地支命名，或以花期时令命名，不一而足。

正因为繁杂，有人把花期时令单列出来，一句诗，指代一个月份：

正月银柳插瓶头——柳月；
二月红杏闹枝头——杏月；
三月桃花粉面羞——桃月；
四月槐花挂满枝——槐月；
五月菖蒲避阴邪——蒲月；
六月荷花满池塘——荷月；
……

在这个序列里，看见的不只是时间，还有花繁树茂。东西南北中，一方水土，一方风物。虽以花卉植物命名时间，差异却是显而易见的，有的花南方有而北方没有，有的花北方人看重而南方人不喜欢，于是在花的组合里，就有了众口难调的熟悉和陌生。不变的，南方北方都认可的，是“六月荷花满池塘”，荷是六月“花盟主”。

荷花是侏罗纪之花，在诞生之始，就是夏日之花，时间却让她经历了两次末日之劫，许多的花瞬间消失，她却抱紧了最后一滴水，完成了冰与火的穿越、寒与热的转换，仍以亿万年的古老和年轻，盛开在六月的炽阳之下。可见，荷花不只是顽强，对时间也是有记忆的，直到今天，依旧是夏日之花、荷月之花。

说到荷月，便暗笑自己。很多年以前，友人送一幅水墨国画，落款是“××画于××荷月”。彼时正青涩，“荷月”是何月，一头雾水。本应当场请教，面子却矮。此后，不时遇见相类的款识，或菊月，或槐月，或桂月，虽然已经补上知识空白，却总觉得跟书法家和画家不是一个时代的人，用的也不是一个语言系统。

荷花是暑花。“六月赏荷”，亦成千年习俗。

在晋代无名氏写的《汉宫春色》里，曾说到四季佳时应该做的事情：春宜浇花折柳和倚案读书，夏宜竹下小立和远望荷沼，秋宜对月折桂和倚窗赏菊，冬宜玩雪折梅和围炉清谈。

古人赏花，确是风雅。或饮酒品茗，或抚琴吟唱，并美其名曰“酒赏”“茗赏”“琴赏”“曲赏”。在《瓶史・清赏》中，袁宏道将其分为三等：“茗赏者上也，谈赏者次也，酒赏者下也。”

在袁氏看来，赏花要宜时。一年有春夏秋冬四季，花则分温花、暑花、凉花、寒花四种。赏花还要宜地，或在瓶，或在池，池赏最受青睐。“若不论风日，不择佳地，神气散缓，了不相属，此与妓舍酒馆中花何异哉？”

至于赏荷，《瓶史・清赏》曰：“暑花宜雨后，宜快风，宜佳木荫，宜竹下，宜水阁……”说得极是体贴，赏荷就应该在雨后，并且在竹林疏柳之下，或在临水楼阁之侧。细思极喜，袁氏应该是读过《汉宫春色》的，《瓶史·清赏》——妥妥的一篇赏花指南。

然而，看今人赏荷，尤其是池赏或湖赏，心里便有一种忍不住的紧张。因为现今的旅行团，几乎是清一色的大妈们，人比花多，穿红戴绿，或自拍，或群拍，各种姿势，各种嗓门。不论湖池，不管晴雨，永远是扎堆，永远是嘈杂。不为看荷，只为在微信里发美篇。殊不知，镜头里乖张的丑，却遮了荷花的美。

荷月，最好的赏荷季，只因为优雅者少，再加上夏日炎炎，人流挤挤，一番好心情，恐也被汗水浇灭了。这是荷之哀，还是人之哀?

民间有个说法，荷花一年生三季：三月发芽，六月开花，九月蒂落。从这个角度看，一季有三个月，春夏秋三季，荷月只是夏季之一月。对荷花而言，每一季，每一月，都是生命中的不可或缺。

春江水暖，有感知的不只是鸭子，还有跃跃欲萌的荷。宿根水生植物，可以越冬再生，因水暖而生发，从来不负春光。但是，毕竟乍暖还寒，只能待字闺中，如孟郊诗云：“莲叶未开时，苦心终日卷。春水徒荡漾，荷花未开展。”

夏日的阳光，可以点燃一切，包括含苞欲放的荷。昨天还是尖尖菡萏，今天就是出水芙蓉。天生喜热，天性喜光，荷花是水里的向日葵，随着太阳升起，而渐次展颜，而锦绣千堆，而繁华一片。此景，遂被杨万里入诗：“毕竟西湖六月中，风光不与四时同。接天莲叶无穷碧，映日荷花别样红。”

如果说，六月盛夏，看花之美，那么九月蒂落，则看莲之实。某年秋天去济南，看过了趵突泉，便想看大明湖的荷花，明知时节不对，亦不想错过。果然在那片绿意未褪的荷叶之间，看到几朵无精打采的残荷，更多的是密密麻麻的莲蓬，仍以开花时的尊严，坚挺地摇曳着。不由得感动，默念起赵雍的一句诗：“坐对荷花两三朵，红衣落尽秋风生。”

其实，赏花者大多乐看盛季之花。若得清闲，沐半庭绿荫，听一树蝉鸣，看六月荷花，闻十里荷香，何其乐也。然而，我却觉得，荷月是一种遮蔽，只让人看到了盛，而掩盖了衰。所谓“风光不与四时同”，说明荷花岂止是三季，秋之后还有冬，经历过冰川之寒彻的荷花，即使在秋天凋落了，即使在冬天枯败了，她所展示的，也是一种绝处的生、极致的美。

荷月，有一个重要的日子。传说，唐朝大历年间，江南吴郡有个才女，名叫晁采，农历六月二十四日，她和丈夫各以莲子相赠。有人问晁采，此举为何由？她引诗以答：“闲说芙蕖初度日，不知降种在何年？”于是，这一天就被传为荷花生日。

清代女画家方婉仪，自号白莲、白莲居士，曾作一首《生日偶吟》：“平簟疏帘小阁晴，朝来池畔最关情。清清不染淤泥水，我与荷花同日生。”方氏的确不是凡常女子，生在安徽歙县，祖父是广东布政使，父亲是国子监学生，她自幼跟随父亲和姑母学习诗画，18岁嫁给“扬州八怪”之一的罗聘。在夫妇合画的册子里，清

元 王渊《莲鹡鸰图》

妙的《涉江采芙蓉》，即出方氏之手。因为擅画花石，方氏曾有出尘之想，故有文友为其作墓志铭："万卷梅花，一卷白莲，其画也禅，其诗也仙；吾文冰雪兮，与此石俱传。"寥寥数语，便写出一个亦禅亦仙的女子，彼时的花和人，可真是干净、淡逸。

荷花生日，也是江南的观莲节。

据说，宋代已有此俗。每逢农历六月二十四日，人们会举家来到荷塘，泛舟赏荷，采莲弄藕，笙歌如沸，荷香遍染，享受消夏纳凉之惬意。其中，放荷灯是最热闹的，或以长柄荷叶为盛器，燃烛于内，让小儿持以玩耍；或将莲蓬挖空，点烛作灯以助兴。当百千盏荷灯沿河施放，随波逐流，闪闪烁烁，更把观莲气氛推到高潮。

节日是另一种花前月下，青梅竹马的少男少女，正可趁此良辰美景眉目传情，于是，便有一首情诗随之传开："荷花风前暑气收，荷花荡口碧波流。荷花今日是生日，郎与妾船开并头。"

忽然想到席慕蓉的《莲的心事》。也是情诗，只不过里面没有郎与妾，只有自己，故意选在最热的荷月，写最沉重的心事：

我/是一朵盛开的夏荷
多希望/你能看见现在的我
风霜还不曾来侵蚀
秋雨还未滴落
青涩的季节又已离我远去
我已亭亭/不忧/亦不惧
……

千　瓣

去西溪湿地，最大的享受就是乘船观景，看水与堤，看草与树，看烟与雾，看湿地与野趣。刚刚还在喧闹的红尘中，分分钟就滑入了原始和洪荒。寂寥里，掩着别一样的繁荣。

想不到，在这片有限的苍茫里，隐藏了两个士人园，一个叫高庄，一个叫洪钟别业。高庄的布局是前宅后园，洪钟别业则是前园后宅。去西溪湿地，这是必去的两个庄园，而且两个庄园都有荷塘。

最近在网上看到一则消息：洪钟别业荷花池开出了并蒂莲。新冠疫情虽然有些好转，但各地仍在严格防范中，即使去郊外游玩也需要戴上口罩。尽管如此，这个消息一经传出，立刻吸引了众多的眼球和脚步。于是，为了让并蒂莲静静开放，洪钟别业只好派保安日夜看守。

对美丽的东西，的确应该呵护有加，可在并蒂莲的旁边站着一个保安，这是什么画风？坐在家里，一边为之紧张，一边私下觉得好笑。

据我所知，并蒂莲的生成率只有十万分之一，因为它不是荷花的常态，而是一种变态。人变态，避之唯恐不及，荷花变态，却会引来围观，世间事，就是这么滑稽。

明 朱瞻基《莲浦松吟荫图》

说起来，都是进化惹的祸。汉以前，只有单瓣红莲，也叫古代莲。魏晋时代，出了一款重瓣莲。到了南北朝，又出一款千瓣莲。

其叶茎，与凡常的莲并无区别，只是雄蕊、花托、心皮全部瓣化。花苞初出时，呈细纺锤形，外瓣是绿色，随着花瓣渐开，底部渐渐膨大成尖桃形，然后外边那些绿色的花瓣依次掉落，露出中间粉红色的花瓣。

然而，千瓣莲的花瓣很特殊，永不开放翻转，只是微松，再一点点掉落，直至枯萎，也仍是花苞状，仍有一千瓣左右，有的甚至达到两千瓣以上。花瓣重重叠叠，由大而小，愈近花心愈密集，花团锦簇，堂皇富丽。在碧绿的荷叶衬托下，花瓣愈发显得卓尔不群，圣洁高雅，超凡脱俗，观之竟有定心凝神、万籁俱寂之感，的确有点神。

千瓣莲是并蒂莲之母。因为她那变态的花托，有时可分成两个或两个以上的轴心。花开时，只见外面花瓣在层层凋谢变薄，内里的碎瓣又在不断新生变厚，而且旋转成两个或多个花心。双花心者，叫“并蒂莲”；三花心者，叫“品字莲”；四花心者，叫“四面莲”；多花心者，叫“五子莲”或“绣球莲”。就是说，并蒂莲是千瓣莲生出的双胞胎或多胞胎，千瓣莲是个英雄母亲，把所有的力气都拿来开花了。

曾就此问过生物学专家，得到的回答是，并蒂莲的遗传机制尚在研究中，目前还不能复制。因为专家曾分别用生长过并蒂莲的藕种和并蒂莲蓬里的莲子反复试验，结果都不能开出并蒂莲，说明此

明 沈周《瓶荷图》

花不可遗传，只能天然或偶然生成。最后给出一个结论，并蒂莲是千瓣莲的变态。

变态是再正常不过的自然现象。千瓣莲变态，亦是如此，因为现在还不能给出更确切的解释，而一言以蔽之。

民间有言，并蒂莲开花，为吉祥之兆。这就对了，在新冠肆虐的庚子之夏，那么多人涌入洪钟别业，只为看那朵盛开的并蒂莲，就是笃定上天在以这样的方式，为陷入病毒危机的人类送走瘟神呢。

“生命是一朵千瓣莲花，我拒绝了绽放的同时，我也拒绝了枯萎和零落。”这是张爱玲的金句。的确，千瓣莲花既是大自然所生，岂能不盛开？又岂能不凋败？一花绽一度，一生即一世，岂可错过，又岂可拒绝？奇女子张爱玲，参悟得最透彻。

有史籍可证，千瓣莲出自魏晋，之后延绵不绝。

宋代花谱类著作《全芳备祖》载：“泰始二年，嘉莲双葩，并实、合跗、同茎。”此书所记，是公元266年的事情。

明代《群芳谱》载：“并头莲，晋泰和间生于玄圃，谓之嘉莲。”此书所记，是公元366至公元371年的事情。

《宋书·符瑞志》载：“文帝元嘉十年七月，华林天渊池芙蓉异花同蒂。莲生建康额檐湖一茎两花。”又：“元嘉十六年七月壬申，华林池双莲同干。”此书所记，是公元433年和公元439年的事情。

《梁书·武帝本纪》载：“天监十年五月乙酉，嘉莲一茎三花，生乐游苑。”此书所记，是公元511年的事情。

并蒂莲也开在唐代。权德舆《中书门下贺神龙寺渠中瑞莲表》云：“神龙寺殿前渠中瑞莲花图，其花一茎两房。”

一朵花被记入正史，是因为罕有，因为稀奇，就像古代宫中的钦天监，观星以测妖祥。并蒂莲呈瑞兆，史官当然要留下文字，记下惊喜。

据传，千瓣莲花种是达摩从西域带来的，繁衍至今约有一千五百年，梁武帝乐游苑“一茎三花”的嘉莲，就和达摩有关。彼时，达摩初来中国，首先与其坐而论道的，就是崇信佛教的梁武帝，后来由于机缘不合，达摩才渡江北上去了北魏，入少林寺修行。

也有人不同意这个说法，理由是达摩东来中土的时间在南北朝，但中国早在西晋就有并蒂莲的记载。还有人说，千瓣莲原产湖北当阳玉泉寺。另外，还有“云南千瓣莲”，或叫“宜良千瓣莲”，这又怎么解释？

不管怎么说，古代中国是个农耕社会，有祈福文化的根基，在民间百姓的话语系统里，并蒂莲是个至宝的吉祥之物。在擅写爱情诗的文人骚客笔下，并蒂莲更是一个经久不衰的创作题材。

晋朝乐府《青阳渡》：“青荷盖绿水，芙蓉披红鲜。下有并根藕，上有并头莲。”

杜公瞻《咏同心芙蓉》：“名莲自可念，况复两心同。”

王勃《采莲曲》：“牵花怜共蒂，折藕爱连丝。”

徐彦伯《采莲曲》："妾家越水边，摇艇入江烟。既觅同心侣，复采同心莲。折藕丝能脆，开花叶正圆。春歌弄明月，归棹落花前。"

杜甫《进艇》："俱飞蛱蝶元相逐，并蒂芙蓉本自双。"

皇甫松《竹枝词》："芙蓉并蒂一心连，花侵槅子眼应穿。"

韦庄《合欢莲花》："虞舜南巡去不归，二妃相誓死江湄。空留万古香魂在，结作双葩合一枝。"

欧阳修《渔家傲》："荷叶田田青照水。孤舟挽在花阴底。昨夜萧萧疏雨坠。愁不寐。朝来又觉西风起。　雨摆风摇金蕊碎。合欢枝上香房翠。莲子与人长厮类。无好意。年年苦在中心里。"

一朵变态之花，嬗变成一个专有的言情用语，这本身就很奇葩。

母亲最喜欢听评剧《花为媒》，其实是喜欢新凤霞唱的那段《报花名》，只要新凤霞一唱，母亲就跟着哼。到头来，唱词里最美的一段我也会唱了：

夏季里端阳五月天，
火红的石榴白玉簪。
爱它一阵黄呀黄昏雨呀，
出水的荷花亭亭玉立在晚风前。
都是那个并蒂莲哪！

并蒂莲的神秘之处，在于一茎生二花，这是奇数和偶数的区别，偶即双，即圆满，即美好，暗合人性的向往。

中篇

品·荷之魅

可以想象，当人类第一次来到水边，突然看到一片夺目的荷花，一定会惊奇与狂喜交织，忍不住于喉咙里发出动物般的尖叫。

这是一个开始。荷花从此便不曾与人类疏离。渐渐地，她竟成了一个温情的启蒙者，有教无类，化民成俗，才有了“近荷者美”的说法。

荷花有两种处境：一是在野，二是在园。在野者，或以为蔬，“山有扶苏，隰有荷华”。在园者，或以为赏，“浮香绕曲岸，圆影覆华池”。

荷花有两个特色：一是花与叶齐观，“宜于目而复宜于鼻”；二是花与实同出。诸美兼得者，世上唯有荷花。

荷花之魅，是不可名状的清纯、不可名状的温婉、不可名状的恩养。

种　莲

在淘宝买了包莲子，想在家里试种碗莲。操作之前，想起家里有两颗千年古莲子，便拿它们和淘宝款莲子比对，竟然是玉石之别。千年古莲子，外壳坚硬，色呈深褐，且幽幽发亮，岁月的包浆，黏稠得令人心颤。淘宝款莲子，外壳薄软，颜色发黑，且毫无光泽。当然，这样比对有失公道，古莲子被岁月裹了一层千年包浆，淘宝款莲子不过是一年生的婴儿级新品。

遂将古莲子束之高阁，让它们继续以文物的姿态守身如玉。回头找来一个陶瓷深盘，把荷塘土均匀地撒在盘底，再加入温度适宜的水，数出几颗品相好点的淘宝款莲子，种在稀释成淤泥的土里，等看它们发芽开花。

碗莲也算一种人工种植。在与碗莲厮守的日子里，不由怀念起荷花的野生时代。

在被子植物大爆发的侏罗纪晚期，开花的莲属植物灿然而绽，曾以青春的殊姿丽影，装扮了正在发育期的自然界，不但逃过了侏罗纪末日的浩劫，还与随后登场的白垩纪相拥在漫长的岁月里。白垩纪末日，莲属植物再次遭遇了灭顶之灾，只有荷花顽强突围。

或许受劫难的刺激，在纪与纪交替之后，荷花繁殖得更加如火如荼。一直到人类来到水泽边，弯下腰采摘她们，那片美色诱人的

明　林良《荷塘集禽图轴》

野生荷花，仍如哺乳期女人，泛滥的母性荷尔蒙让她们满面红光，绚丽如霞，更加肆无忌惮地开放。

不知是从藕根开始，还是从莲子开始，人类一边以荷花为食，一边以荷花为师。为食可以解决肉身温饱，为师则因那如蜂巢般的莲蓬成为人类生殖崇拜的对象。在河姆渡遗址，在仰韶遗址，在马王堆汉墓，那些几千年前没有吃完的莲子或藕片，被考古学家小心地拣拾起来，如翻开一本生命教科书。

其实，野生荷花一直都在。曾看到一则记载，20世纪70年代，在大东北的三江平原湿地，尚有野生荷花在焉。虽然只有轻描淡写的几句，心里却兀自感动，好像望见了侏罗纪苍茫而潮湿的旷野。三江平原在东北的东北，许多地方至今仍是一片未被惊扰过的荒凉之地，幽居于此的野生荷花，为这个世界守住了开花植物最原始的根脉。

然而，野生荷花主宰的时代，毕竟一去不复返了。至少从两三千年前开始，在文化早熟的地方，因为采集者越来越多，而古人已食莲成瘾，野生荷花已难以为继，走向人工种植，便成了历史的必然。

《周书》云：“薮泽已竭，既莲掘藕。”这是有关人工种植荷花最早的文字记载，可见从采集到种植，看上去只是换了个手势，却无意间开启了荷花种植史。于是，盛开在西周的荷花，已然是西周人餐桌上的家常菜。

荷花的种植史，当然是中国农耕史最精彩的部分之一。古人端量了很久之后，终于看明白了，荷花是宿根水生植物，地下有茎，肥大而有节，横生在淤泥中，那个节即是藕。荷花却是单生，大而色艳，今朝夏花秋谢，明年复又轮回。再之后，熟能生巧的古人又有了一个发现，荷花的繁殖，还有另一种可能，就是那花开着开着，竟可以变出好多种花样，甚至变出好多种颜色。

的确，汉代以前，荷花只有一个样子，花是单瓣的，色是红的。魏晋时，多了一种样子，花是重瓣的，色是有红的、有白的。到了南北朝，更让人惊喜，又多了一种千瓣莲，也叫并蒂莲。时光流转千年之后，传统类荷花，已经繁殖出二百多种，观赏类荷花，也已经繁殖出单瓣、复瓣、重瓣等类型。

这是一种快递式的演进。当然，花朵本身就是物种进化变异的结果，那么不断翻新的荷花，究竟是物种的进化，还是物种的变异？

解惑者是法国生物学家拉马克，他和植物分类学家林奈几乎是同时代人。拉马克是生物学之父，林奈是植物分类学之父。拉马克认为，物种是可变的，生物是从低等向高等转化的，环境变化可以引起物种变化。总之，用进废退和获得性遗传，成为拉马克生物进化学说的两条著名法则。据说，达尔文后来写《物种起源》，都要抄拉马克的作业。

荷花品种的迭代更新，当然也跳不出拉马克的法则，或用进废退，或获得性遗传，或二者兼有。无论哪一种，一个事实是，因为中国人的好耕擅种，自有人工种植之日起，荷花就不曾断绝；又因为荷花首先是经济作物，在中国自古就有以此为业的“莲农”，所以，大江南北，黄河上下，只要有一湾静水，就可以让它变成一方中国式的荷塘，正所谓“多情明月邀君共，无主荷花到处开”。

汉代的无名氏，曾写过一首著名的《种莲》：“清塘引水下藕根，春风带露沾依身。待到花开如满月，览胜谁记种莲人。”在这首诗里，至少看见了两个专业，或者说两种身份，一个是作为劳动者的种莲人，一个是作为览胜者的赏莲人。

唐代的白居易，曾写过一首著名的《京兆府新栽莲》：“污沟贮浊水，水上叶田田。我来一长叹，知是东溪莲。下有青污泥，馨香无复全。上有红尘扑，颜色不得鲜。物性犹如此，人事亦宜然。托根非其所，不如遭弃捐。昔在溪中日，花叶媚清涟。今年不得地，憔悴府门前。”我以为，喜欢栽莲的白氏有双重身份，既是种莲人，也是赏莲人。因为白氏劳作的地方，不是在田间池塘，而是在府邸内的盆池；白氏种莲，不为温饱，只为观赏。

种莲和赏莲确有分别。古人种莲，最早还停留在食的层面。到古人能吟诵《诗经》的时候，事情发生了改变，一边保持着形而下的“吃”，一边升级为形而上的“赏”。吃和赏，都让古人有种莲的冲动，种着种着，就按品种和用途，细分出三大类：花莲、子莲和藕莲。

花莲，也叫观赏莲。观赏，就直接成了目的。

明人写的《群芳谱》载："凡物先华而后实，独此华实齐生。百节疏通，万窍玲珑，亭亭物华，出于淤泥而不染，花中之君子也。"《群芳谱》写在《爱莲说》之后，几乎用古今集大成之语，极写莲之美、莲之德。

观赏莲是最适合装扮水面的花卉。绿荷相倚满池塘，唯有她一花独艳。如清人石涛诗云："荷叶五寸荷花娇，贴波不碍画船摇。相到薰风四五月，也能遮却美人腰。"

确乎如此，因为是夏日之花、水中之花，因为斯华独灵，妖娆妩媚，吸引了熙熙攘攘的观莲者。不论暴雨如注的北方，还是细雨如酥的江南，不论在著名风景区里的湖泊，还是在郊野湿地间的池塘，花伞如阵，游舟逶迤，再加上"长枪短炮"，咔嚓作响，真真是"色夺歌人脸，香乱舞衣风"。

每观此景，我就在想，莲是经历过沧桑的，曾有过亘古的寂寞，现在却处于空前的高光中，如果人也这样被簇拥、被聚焦、被喧闹，说不定就会"花深忘却来时路"了。好在，莲心比人心淡定多了，纵然被观赏了数千年，仍是一副笑靥初绽的样子，花姿如旧，宠辱不惊。或许，唯宽容如此，方可称为观赏莲吧？

"藕花落尽见莲心"。花莲的看点是花，子莲的卖点却是莲子。花莲具有精神性，子莲则在物质性。

子莲，重在结子，特征是藕小而短，味有点涩，也有人叫野藕。虽然子莲与藕莲不是一个品种，但是藕种的好坏，却直接影响

明 吕纪《残荷鹰鹭图》

莲子的产量和质量。所谓莲子，也叫莲实、莲米、莲肉。用莲农的眼光看，果实的大小、心皮的数量、花托的形状，包括它的含糖量，决定了能卖出什么价。

北魏贾思勰的《齐民要术》，曾写过“种莲子法”：“八月、九月中，收莲子坚黑者，于瓦上磨莲子头，令皮薄。取墐土作熟泥，封之，如三指大，长二寸，使蒂头平重，磨处尖锐。泥干时，掷于池中，重头沉下，自然周正。皮薄易生，少时即出。其不磨者，皮既坚厚，仓卒不能生也。”

南朝乐府有一首写莲花和莲子的《西洲曲》：“采莲南塘秋，莲花过人头。低头弄莲子，莲子清如水。”这也是当年的爱情诗，“莲子”即“怜子”，意为爱你之情，如南塘之水般清纯。古人比今人喜欢相思，表达情感也比今人婉转。爱情的审美感，已然是且行且轻薄了。

藕莲，当然以产藕为主，与子莲一样，属于经济作物。在《齐民要术》里，贾思勰不但写了“种莲子法”，还写了“种藕法”：“春初掘藕根节头，着鱼池泥中种之，当年即有莲花。”言简意赅，可以照书实操。

莲之根茎为藕，且以肥大为好。不过，根茎大小、入泥深浅、产量多少，有明显的差异。这一点，贾思勰没有细写，多属于后人的种藕心得。

此外，藕有红花藕、白花藕、麻花藕诸种。红花藕瘦长，外皮褐黄色，水分少，也不脆嫩；白花藕肥硕，外表细嫩光滑，呈银白色，且肉质脆嫩多汁，甜味浓郁；麻花藕呈粉红色，表皮粗糙，但是淀粉含得多。如果有人写一本《种藕要术》，这些关键词肯定都要载入。

总而言之，农耕文化是一种务实文化，几千年的耕播种植，终于让古老的莲丰腴若仙。如清人李渔《芙蕖》所云："至其可人之口者，则莲实与藕皆并列盘餐而互芬齿颊者也。"

正因如此，水上的花开得再好看，莲农也只是远远地瞅几眼，即使结了莲蓬，也没有人去采。只等莲叶枯了，莲蓬黑了，穿上隔水衣，下塘挖藕。所谓"采菱寒刺上，蹋藕野泥中"。在他们心里，只有水下的藕，才最有价值，不但可上自家餐桌，还可拿去卖钱。

一般的说法认为，荷花原产于中国。不过，也有人认为荷花原产于印度，更有人认为原产于埃及和地中海一带。原产地之争，有点像版权官司，剪不断，理还乱。

然而，人工种莲，源自农耕中国，这一点估计没人来争。理由是中国早在两三千年前就有栽培，有《诗经》为证。

大约在公元前五百年，来中国经商的波斯人将荷花栽培技术带到了埃及。在此之前，埃及只有睡莲，没有荷花。

日本也种荷花，并坦言从中国引入。最初以食用兼观赏，后来有单纯的观赏莲。17世纪末，已有四十多个品种；20世纪初，增至六十多个品种；至20世纪70年代，已接近百种。日本人虽在情感上与荷花不近，但对荷花的栽培，倒是有一种近于宗教般的狂热和执着。

荷花的另一个原产地在美国，产自美国的荷花叫美洲黄莲。20世纪60年代，佛罗里达州斯诺柯父子，专门建了一座私人水生花园，用美洲黄莲花与中国荷花“红千叶”杂交，获得了一个半重瓣新品种，今朝开玫红色花，次日则开橙黄色花，第三天却开出了浅黄色花，被称“娇容三变”。他们的水生花园是经营性的，培育新品种也是试验性的，一不小心，竟开出了稀世之花，刷新了荷花种植史。

在侏罗纪时代，荷花是在大自然毫无准备的时候诞生的；在白垩纪时代，荷花是在没有任何呵护的情形下野生野长的。如今是荷花与人类相伴相亲的时代，亦是许多古老物种不断灭绝的时代，但愿这世上有更多的池塘种满荷花，不要因为人类的过度亲近，让历尽劫难的荷花沦为濒危物种。

遗憾的是，我的碗莲失败了。

种下莲子之后，每天换一次水，一周之后，果然纷纷长出细细的嫩芽。按照说明，往里加了点生根粉，再过几天，就见嫩芽变成了长须，顶部开始出现叶苞。只是那芽须又细又长，在水面匍匐着，始终抬不起头，我想是忽略了它喜阳的特性，马上把它从书桌移到阳台，那一片一片卷起的叶子，很快次第舒展着站立起来。于是，给它们施了一次肥，或许是肥多了，第二天再看，未等览胜，叶子已焦。

可见，种莲并非易事。所谓种豆得豆，种瓜得瓜，看到的只是结果，被遮蔽的是过程。

采　莲

某日，已有两周没来打扫卫生的阿秦，送给我一包带着水香气的莲子，她刚从山东老家回来。此前只知道她说话有山东口音，却没问过她家住山东哪里。今天她说，她老家在滕州，就是有铁道游击队的地方。

一下子勾起久远的记忆。小时候，通过小人书和电影，知道洪湖水里有荷花，知道微山湖和白洋淀也有荷花。但是，那些长在湖里淀里的荷花好像既不是用来吃的，也不是用来看的，而是专门用来和敌人打伏击战的。如今却听阿秦说，她家整个村子都被圈在微山湖湿地公园里，留在老家的父亲和哥哥都在湖里采莲，妹妹在景区里摆摊卖莲子。

于是，两个画面立刻在眼前交替浮出。一个是六朝时代的江南，隐隐听见采莲女用汉乐府的调子轻唱；一个是阿秦的老家微山湖，晒黑了脸的莲农正在莲塘里忙着采摘，一篓一篓的莲蓬和莲子正在新鲜上市。

明 陈淳《瓶莲图》

采莲在前，卖莲在后，这是两道工序。听阿秦说，微山湖采莲从六月底就开始了，一直要采到九月底。采莲的季节，成熟的莲子被送到加工厂，鲜嫩的莲子被当作时令水果卖。阿秦送给我的莲子，就是从加工厂刚刚出来的莲子。那个周末，我第一次用微山湖的新鲜莲子煲了一锅银耳莲子粥。

多年前曾去一座著名的江南小城，也是正值采莲季节，酒店旁边的路摊上，就有小贩在卖莲蓬。家在南方的同伴，看到莲蓬像小猫扑食，立刻掏钱买下两枝，把其中一枝送给了我。本以为她买来当鲜花看，却见她把鲜嫩的莲子当水果吃了，终于明白，什么叫一方水土一方人。

后来，一个在大连读书的江西籍大学生，曾跟我说起采莲的话题。他说，家里种的是子莲，每年暑假回家，摘莲蓬、去莲壳、扯莲皮、通莲心，就成了他的日常功课。

最辛苦的是摘莲蓬。为了不让荷梗上的刺伤了皮肤，莲农需要着长袖长裤去莲田，两脚踩着淤泥，一手提着大大的袋子，一手采摘。高挺的荷蓬，早已高过人头，密密层层的荷叶、莲蓬、荷花，让人在莲田寸步难行，再加上夏日的高温，常常让采莲人汗如雨下。所以，乡亲们总是起早贪黑，天微亮或天色渐晚时采莲。遇到下雨天气，也必须冒雨采摘，因为莲子每天都在生长，如果不及时采摘，莲子变老，就不好蜕皮脱壳了。

摘完了莲蓬，就是做莲子。一斤莲子大概有近二百个，如果一天做二十斤，那一整套动作，每天就要重复三千多次。那个时候，他成了电影里的卓别林，身体仿佛是一架机器。说着，他背诵了一首王昌龄的《采莲曲》："荷叶罗裙一色裁，芙蓉向脸两边开。乱入池中看不见，闻歌始觉有人来。"然后，苦笑着说，这是诗里的采莲。

是的，诗人心性浪漫，往往过滤掉了苦难的部分。不过，今人还是应该感谢那些写诗的古人，从他们笔下看江南，采莲是农事，也是民俗，有人间烟火，还可以审美。如果今人都能像那个大学生一样，一边回望辛苦的采莲劳作，一边还能记起王昌龄的《采莲曲》，不也是一种浪漫吗？

阿秦的一包莲子，不只让我想起了那个大学生，还把我拉回到中国采莲文学的源头。

"渡江南，采莲花。"这是西晋傅玄的一句诗，他在这里强调了一个地理名词——江南。因为中国最早的采莲风俗，肇始于江南。汉代以前，看楚地莲花；东晋到南朝，看吴地莲花；唐宋之际，看越地莲花。中国采莲文学，也是这个路线图，由荆楚，至吴越。

江南自古水道纵横，池塘密布，藕花飘香。每到夏秋之际，少男少女就会乘小舟出没于莲荡中，轻歌互答，采摘莲子。于是，在乐府悠长的音律里，就有了一首著名的《江南》："江南可采莲，莲叶何田田。鱼戏莲叶间。鱼戏莲叶东，鱼戏莲叶西，鱼戏莲叶南，鱼戏莲叶北。”

文学史不只是文人词客写的，从《诗经》开始，就有民间的参与，《江南》可谓采莲诗的开山之作。严格地说，它不能算诗，而是随口唱出的歌谣。作者佚名，也很好理解，来自草野泽地，你一嘴，我一句，他一腔，当然属于集体创作。再看它那么喜欢运用重章叠句和双声叠韵，就知道在歌谣的发布现场，一定是有唱有和，加入的人很多。更特别之处，在于不写花，只写叶，不写鸟，只写鱼，其余的，就让听的人自己去想吧。那么，叶如此生动，花更自不待言，鱼如此可爱，鸟还用说吗？民间自古有高手，此话真没说错。

乐府版采莲歌，后来还有一首《西洲曲》：“忆梅下西洲，折梅寄江北。单衫杏子红，双鬓鸦雏色。西洲在何处？两桨桥头渡。日暮伯劳飞，风吹乌臼树。树下即门前，门中露翠钿。开门郎不至，出门采红莲。采莲南塘秋，莲花过人头。低头弄莲子，莲子清如水。”与《江南》一样，《西洲曲》也是佚名，也属于集体创作。两相对比，《江南》重在抒情，《西洲曲》重在叙事；《江南》歌短，《西洲曲》篇长。意义在于，佚名的民间写手，给采莲文学又添了精彩一章。

采莲歌从汉代唱到南朝，被梁武帝萧衍听见，喜欢文辞的老皇帝竟亲自出手，作《江南弄》七曲入乐吟唱。其中《采莲曲》词曰：“游戏五湖采莲归，发花田叶芳袭衣。为君艳歌世所希。世所希。有如玉。江南弄。采莲曲。”

《采莲曲》用的是西汉乐府诗旧题，也叫《采莲女》《湖边采莲妇》。可见，彼时的采莲者多为女子，她们衣彩裙，乘莲船，执莲花，载歌载舞，已经成为具有时尚感的民间娱乐。但是，到了梁武帝的《采莲曲》，则改为表演和游戏，而且，现场不在民间，在宫廷苑囿。

有其父必有其子。南朝文学史现存的两篇《采莲赋》，出自萧衍两个儿子之手。一篇是简文帝萧纲写的：“……唯欲回渡轻船，共采新莲。傍斜山而屡转，乘横流而不前。于是素腕举，红袖长，回巧笑，堕明珰。荷稠刺密，亟牵衣而绾裳。人喧水溅，惜亏朱而坏妆……”另一篇是元帝萧绎写的：“紫茎兮文波，红莲兮芰荷。绿房兮翠盖，素实兮黄螺。于是妖童媛女，荡舟心许……泛柏舟而容与，歌采莲于江渚。歌曰：‘碧玉小家女，来嫁汝南王。莲花乱脸色，荷叶杂衣香。因持荐君子，愿袭芙蓉裳。’”

一看即知，萧氏父子都有艺术家的敏感，见到一个这么好的题材，便手痒难耐。问题在于，不论是老父亲的《采莲曲》，还是儿子们的《采莲赋》，活生生的民间曲谣，被他们修改成了宫体诗，好端端的文学样本，由民间的高声大嗓、朗调高音，走向了皇家的矫揉造作、咿咿呀呀。

萧氏父子，也算文学精英，当他们把江南的采莲之俗由民间唱到了宫廷，尽管多了奢靡刻意，少了质朴天真，采莲却自此成为一个独立的文学母题。

明 周之冕《荷花鸳鸯图》局部

紧跟在萧氏父子身后的，居然是唐太宗。在南朝宫廷，采莲曲已经成为一个曲牌名，且是当时的流行音乐。此曲北传长安之后，受南朝诗风影响，采莲诗仍流连宫廷，继续以宴乐歌舞的方式，沿着脱离民间的旧轨翩然滑行。唐太宗更是亲自出马，作了一首《采芙蓉》："结伴戏方塘，携手上雕航。船移分细浪，风散动浮香。游莺无定曲，惊凫有乱行。莲稀钏声断，水广棹歌长。栖乌还密树，泛流归建章。"

然而，采莲曲的突围，也发生在此刻。自赎者，便是继之而起的唐诗宋词。采莲曲终于离开殿前阙下，重新回到池岸塘边，变成诗人词客的狂欢曲。

李白身在盛唐，虽"长安不见使人愁"，却常常远离朝廷，凝眸民间，写了两首相当有趣的采莲诗。《越女词》曰："耶溪采莲女，见客棹歌回。笑入荷花去，佯羞不出来。"《采莲曲》曰："若耶溪傍采莲女，笑隔荷花共人语。日照新妆水底明，风飘香袂空中举。岸上谁家游冶郎，三三五五映垂杨。紫骝嘶入落花去，见此踟蹰空断肠。"

白居易是中唐诗人，虽为官于市，却引颈乡野，也作了一首《采莲曲》："菱叶萦波荷飐风，荷花深处小船通。逢郎欲语低头笑，碧玉搔头落水中。"

宋代不但有采莲诗，还有采莲词。欧阳修的目光，也是向下聚焦。《蝶恋花》词云："越女采莲秋水畔。窄袖轻罗，暗露双金钏。

照景摘花花似面。芳心只共丝争乱。”《荷叶》诗曰：“池面风来波潋潋，波间露下叶田田。谁于水上张青盖，罩却红妆唱采莲。”

婉约的秦观，则写了一首《词笑令·采莲》：“柳岸，水清浅。笑折荷花呼女伴，盈盈日照新妆面。水调空传幽怨，扁舟日暮笑声远，对此令人肠断。”

相比之下，我更喜欢周邦彦的《苏幕遮》：“燎沉香，消溽暑。鸟雀呼晴，侵晓窥檐语。叶上初阳干宿雨，水面清圆，一一风荷举。　　故乡遥，何日去？家住吴门，久作长安旅。五月渔郎相忆否？小楫轻舟，梦入芙蓉浦。”

《采莲曲》的质朴本色，一直绵延到明代。

刘伯温诗云：“芍药争春炫彩霞，芙蓉秋尽却荣华。有色有香兼有实，百花都不似莲花。”

沈野诗云：“解道芙蓉胜妾容，故来江上采芙蓉。檀郎何事偏无赖，不看芙蓉却看侬。”

清代也有采莲曲，作者却是乾隆皇帝。乾隆皇帝在位期间，曾六下江南，不但爱上了江南的荷花，对江南的采莲风俗也极喜欢，并作《采莲曲》：“熏风拂池塘，明霞映洲渚。荡漾木兰船，采莲不知暑。莲花如锦叶如盖，芳香自送摇清籁，疑有天孙为弄梭，不然洛浦飘衣带。采莲采莲夏复秋，青青苇岸忽白头。徘徊不觉露华湿，独喜红芳载满舟。”

正因为有乐府歌谣，有文人诗赋，江南采莲如一帘清梦，让后世如我者，心动了又心动，神往了又神往，甚至也想学那年轻貌美的女子，坐在木舟上，乱入藕花中，一边劳作，一边歌唱，至暮不归。

怎奈今非昔比，古代多是少女采莲，且有文人写诗，有《采莲曲》配乐，留下一部如诗如画的采莲史。如今却是莲农采莲，挥汗如雨，夜以继日，不闻歌声，亦不见诗章，只有星月为伴，只有数钱的快乐。因而，古代留下的，是采莲曲；当下所求的，是商业神话。

民谚曰："大暑采莲忙。"最近，果真在网上看到一个视频。拍摄地点在马头镇，那个镇种了三千多亩"太空莲"，亩产莲蓬平均达到六百多公斤。叫太空莲，是因为其种子由中国科学院培育，又经过三次太空往返选育而成。

查了一下资料，自1987年开始，中国就利用返回式卫星和神舟飞船，先后进行了十多次搭载，将一千多个品种的种子送上天。其中被带上天的花卉植物，有万寿菊、鸡冠花、三色堇、蜀葵、荷花、百合等。荷花种子，其中就有普兰店出土的"中国古代莲"。经过太空搭载，有的花期变长，有的则缩短，原来紫色的花，能成为白色、红色。莲蓬的变化，一是个头大，二是产量高，这正是莲农最想要的。

今人很少写古诗词，即使写也很少光顾莲农，更少出席采莲现场。所以，只见新闻稿，不见《采莲曲》。

戏 莲

所有的生命都喜欢亲水，盛夏尤甚，水的凉意可以消暑，亦可以安心。眼前若有一面浅静的湖泊，可以看荷叶如盖，荷花如烛，更是一种享受。

庚子盛夏，疫情偃息，受友人之邀，一起去沈阳远郊的蒲河湿地。友人说，那里有个珍珠湖，之前叫团结水库，而且是辽宁境内最大的平原水库，近年旅游经济火了，水库纷纷变成了湖，便也跟着改了名字。

水库和湖，用途确是迥异。水库是封闭的，为的是蓄洪和灌溉，闲人免进。湖是敞开的，名字也浪漫，尤其是与湖相连的，还有湿地。如今整个湖区，竟有七个西湖那么大。广告语说，它是沈阳的“西溪湿地”。

在这个旅游经济时代，凡是湖水潋滟之地，必有蔚然成片的荷塘，凡是荷花盛开之处，必被开发成旅游景点。仅是沈阳周边，就有仙子湖、龙潭湖、卧龙湖、灵山湖，且都以荷闻名，美得诱人。据说，灵山湖的荷花源自一千年前的辽朝，起因是“澶渊之盟”，萧太后将北宋皇帝赠予的莲子植入湖中，荷花就此成为辽朝的国花，灵山湖荷花也因此被誉为“大辽荷花祖源”。

明　周之冕《莲渚文禽图》

下的戏莲者。

“江南可采莲，莲叶何田田。鱼戏莲叶间。鱼戏莲叶东，鱼戏莲叶西，鱼戏莲叶南，鱼戏莲叶北。”

这首汉乐府《江南》，唱的是采莲，却让听歌的人看到了鱼。一个调皮的戏莲者，跃然水上。

南朝，谢朓有《游东田》：“鱼戏新荷动，鸟散余花落。”简文帝有《采莲曲》：“棹动芙蓉落，船移白鹭飞。”

“鱼戏新荷动”是一种，“船移白鹭飞”又是一种，都是荷塘风景。采莲是农事，赏荷是雅趣。真想回到那样的傍晚，看晚霞烧红天际，看桨声惊落花萼，看白鹭乘风飞起。读这样的诗，特别有治愈感。

其实，何止鱼和白鹭呢，还有鸳鸯、沙鸥、蜻蜓、蝴蝶……它们都是戏莲者，亦是爱莲者。

唐代，郑谷有《莲叶》：“移舟水溅差差绿，倚槛风摇柄柄香。多谢浣纱人未折，雨中留得盖鸳鸯。”李珣有《南乡子》：“乘彩舫，过莲塘，棹歌惊起睡鸳鸯。带香游女偎伴笑。争窈窕，竞折团荷遮晚照。”

宋代，杨万里有《小池》：“泉眼无声惜细流，树阴照水爱晴柔。小荷才露尖尖角，早有蜻蜓立上头。”崔复初有《湖边》：“西子湖边水正肥，鸳鸯双浴湿红衣。蜻蜓立在荷花上，受用香风不肯飞。”

元代，张养浩有《水仙子·咏江南》：“一江烟水照晴岚，两岸人家接画檐，芰荷丛一段秋光淡。看沙鸥舞再三，卷香风十里珠帘。画船儿天边至，酒旗儿风外飐。爱煞江南！”刘时中有《中吕·朝天子》：“画船，绮筵，红翠乡中宴。荷花人面两婵娟，花不如人面。锦绣千堆，繁华一片，是西湖六月天。扣舷，采莲，怕什么鸳鸯见。”

明代，徐渭一边画荷花，一边写《荷花》：“镜湖八百里何长，中有荷花分外香。蝴蝶正愁飞不过，鸳鸯拍水自双双。”在他眼中，湖与荷，是一间巨大的爱巢，让生命在此交欢，无论多么弱，多么微，皆是天地之大美。

清代和近代，各种各样的戏莲图，更是洋洋大观。

清人张潮《幽梦影》云：“花不可以无蝶，山不可以无泉，石不可以无苔，水不可以无藻，乔木不可以无藤萝……”

这样的搭配，其实是一种“互美”。戏莲图在民间更走俏，根子在于，中国有祈福的文化传统。于是看吧，文人画还好，守住了清纯底线，年画等于被绑架，在大红大绿的画面上，世俗化色彩简直是爆棚。

友人是摄影爱好者，而且主要拍花鸟。相机是现代工具，摄影是新艺术。一年四季，友人都会去固定的拍摄地，拍固定的内容。因为季节不同，有时只能拍花，有时只能拍鸟，每次回来，都会发给我几幅欣赏。这一次来珍珠湖，他们带上了我。

之前去过许多名湖，名湖的特点，不只有自然风物，还有人

明 周之冕《荷花图》局部

文历史，人文甚至比自然更丰厚。但是，珍珠湖的生态，那些名湖却永远不会再有。从这个意义上说，我倒希望珍珠湖宁可不要千年人文，但一定要留住万亩荷花，还有成群结队的白鹭、灰鹤、红嘴鸥、花脸鸭、蝴蝶、蜜蜂。最好让自己就这样保持着原始状态，就这样让荷花飘香着，让蒲草迷离着，然后让那些蜂蝶水禽永远栖戏其间。

那天中午，我们在农家乐吃了一顿野餐，珍珠湖鲫鱼、荷叶炒蛋、莲藕汤、土猪肉。据说，珍珠湖当年是努尔哈赤时代的皇家渔场，湖里有大小鱼类二十多种，岸边还有个黑鱼泡村，当年曾是专为宫廷进贡鲫鱼的“皇庄”。

李清照词曰：“常记溪亭日暮，沉醉不知归路。兴尽晚回舟，误入藕花深处。争渡，争渡，惊起一滩鸥鹭。”

在珍珠湖，我真的走入藕花深处了，也惊起一滩鸥鹭了。但是，我没有喝酒。我的醉，与酒无关。

玩花池

中国古代园林，不外乎皇家、私家、寺院三种。然而，只有寺院园林可以近观，因为佛寺不拒众生。皇家园林森严，私家园林隐秘，都不是平民百姓可去的地方。

不过，寺院园林肇始于佛教来到中土之后，之前只有皇家园林和私家园林。而且，两汉之世，以皇家园林为主；唐宋以降，私家园林趋热；延至清代，皇家园林转而要向私家园林学习。

毋庸置疑，皇家园林来得最早。

三千年前，周文王在丰邑修造城垣宫殿，即建造了灵台、灵囿、灵沼，属于集祭祀、狩猎、游赏功能于一体的礼制建筑群。几百年后，孟子曾以赞叹的口吻追忆："文王以民力为台为沼，而民欢乐之，谓其台曰灵台。"

灵台、灵囿、灵沼，应该是中国历史上最早与园林有关的名词。《诗经·大雅·灵台》，应该是对皇家园林最早的文字记载。其中，灵囿是依山为界、临水为畔的动物园和植物园，后世的皇家上林苑，皆为西周灵囿的翻版。

但是，在《诗经·国风》里，有"彼泽之陂，有蒲与荷"之句，在《诗经·大雅·灵台》里，却未见荷莲之踪。直至清代，才在王士禛《池北偶谈》中见到记载，灵台"傍有灵沼，周数十顷，沼中产黄莲花，然不常见，花盛，则县士人多科甲者"，且"灵沼瑞莲"成为甘亭十二景之一。莲子是寿命最长久的种子，既然在灵沼旧址见到盛开的黄莲花，那么是不是可以说，这花在周文王时代就已经开过，只是没有被记载下来呢？当然，这只是我的一种猜测。

关于在皇家园林设荷花池的记载，大概最早出现在两千五百多年前的《越绝书》里。彼时是战国时期，吴王夫差得到越国敬献的美女西施，专门为她在苏州城西的灵岩山建了一座"馆娃宫"，不但给西施置琴台和响屧廊，还修了一座“玩花池”，并在池内种植吴地特产荷花。一千多年后，李白以此为题，写了两首诗。《西施·咏苎萝山》云：“西施越溪女，出自苎萝山。秀色掩今古，荷花羞玉颜。浣纱弄碧水，自与清波闲。皓齿信难开，沉吟碧云间。勾践征绝艳，扬蛾入吴关。提携馆娃宫，杳渺讵可攀。一破夫差国，千秋竟不还。”《子夜吴歌·夏歌》云：“镜湖三百里，菡萏发荷花。五月西施采，人看隘若耶。回舟不待月，归去越王家。”

李白之所以这么写，其实是在告诉后世，国王可以爱美女，但无度便要翻船。再说，给荷花池取名玩花池，一个“玩”字，便注定了吴国的命运，也预设了他自己的下场。原想在美女面前当一回天子级老暖男，却不知早已被美人计套牢。所谓玩火者必自焚，玩花者必自戕，正因为西施助越王勾践灭了吴王夫差，终使玩花池无法被传为情爱之潭。

不过，它具有标志性意义，因为它是中国历史上第一座荷花池，而且给后来的帝王们打了一个样儿。从先秦时期开始，不管哪个朝代，定都之后必是大建皇家园林，且必是凿池种荷，筑亭赏荷，只不过把“玩花池”改为别的池而已。

至秦国一统，始皇帝雄视天下，宫殿建得更加宏阔巍峨，而且手段也来得霸道：“诸庙及章台、上林皆在渭南。秦每破诸侯，写放其宫室，作之咸阳北阪上，南临渭，自雍门以东至泾、渭，殿屋复道周阁相属。”据载，秦始皇每灭掉一国，都要在咸阳塬上仿建该国的宫殿，扩建皇宫，于是渭水北岸人喧马嘶，一番大兴土木之后，就有了鳞次栉比的“六国宫殿”“冀阙”“甘泉宫”“上林苑”等。

咸阳宫的规模和盛况，在诸多的典籍文献里都有详细记述。比如《史记》，“乃令咸阳之旁二百里内宫观二百七十复道甬道相连”；比如《汉书》，“秦起咸阳，西至雍，离宫三百”；比如《秦记》，“始皇都长安，引渭水为池，筑为蓬、瀛，刻石为鲸，长二百丈。

秦始皇修了一座“兰池”，引渭水入其中，成一条人工河道，兰池是这河道里的一个湖。修兰池不为玩花，而求长生不死，故在池里建了蓬莱、方丈、瀛洲三岛，传说是仙人所居之三神山。可见北方帝王与南方帝王关注点不一样。总之，自此以后，“三山绕一水”，就成为历代皇家园林凿池造景的修造范式。

只可惜，修了兰池神山，杀来一个西楚霸王，一把火烧光了大秦的咸阳宫。最后，“汉王如陕……故秦苑囿园池，令民得田之”。

我倒是很想知道，兰池干涸之后，那些一拥而入的耕田者，可曾拣过秦人遗落的莲子？

汉代有长乐、未央、建章三宫。

开国之初，高祖定都洛阳，后改长安，继而在秦代兴乐宫故址修长乐宫。《宫殿疏》载：“兴乐宫，秦始皇造，汉修饰之，周回二十里……”

高祖七年，由萧何担纲，建“未央宫”。至汉武帝，又建“上

明 徐渭《黄甲图》

林苑”，在苑内修“建章宫”，此宫成了选养美女的地方，雄心和雄激素一起鼓胀的汉武帝，命将燕、赵地区二十以下、十五以上的美女纳入此宫，年满三十则令其出嫁，亡者递补。

建章宫建成之后，汉武帝一声令下，引昆明池水入内，开凿“太液池”，并且向秦始皇学习，追求长生不老，也在池中筑蓬莱、方丈、瀛洲三岛。不过，与秦始皇的兰池不同，汉武帝把他的太液池当成了汉代版的玩花池，既要神山，也要荷花。彼时，荷花开在南方，汉武帝又一声令下，荷花便开在了建章宫内的太液池。

最大的受益者是汉成帝，他是汉武帝曾孙汉宣帝的孙子，西汉第十二个皇帝。他本人的名气都赶不上皇后赵飞燕，有一次，他和赵飞燕在太液池上乘云舟游玩，清风吹过的时候，飞燕几乎随风入水，成帝遂把飞燕的衣裾系起来。

彼时，池上不但有荷花，还有供帝后游赏的“采莲舟”。

在曹魏的骨子里，流淌的依然是汉血，因而对两汉文化也是各种继承。著名的“铜雀台”，属于魏王自家的园林，但是，曹氏父子虽在铜雀台西园置池弄荷，却不敢妄称太液池，而是虚心地称之为“芙蓉池”。曹丕曾有《芙蓉池作诗》云：“乘辇夜行游，逍遥步西园。”曹植则有《芙蓉池诗》云：“逍遥芙蓉池，翩翩戏轻舟。”

多亏有这么两个才华横溢的王子，否则谁知道铜雀台里有个西园，西园里有个芙蓉池呢？

与汉代不同，魏晋时代的荷花不只是供人玩赏，更是供人书写的。可以说，在屈原之后，写荷花最丰饶生动者，非曹植莫属，其《芙蓉赋》云："览百卉之英茂，无斯华之独灵。结修根于重壤，泛清流而擢茎。竦芳柯以从风，奋纤枝之璀璨。其始荣也，皦若夜光寻扶木；其扬辉也，晃若九日出旸谷。芙蓉蹇产，菡萏星属。丝条垂珠，丹荣吐绿，焜焜韡韡，烂若龙烛。观者终朝，情犹未足。于是狡童媛女，相与同游。擢素手于罗袖，接红葩于中流。"

多美的一池荷花，即使被压成扁平的汉字，也依然飞扬着魏晋式的清和艳，闪耀着魏晋式的灵性和神性。

今天的南京，曾是东吴、东晋、宋、齐、梁、陈六朝古都，其皇宫曰"建康宫"，宫墙三重，南拥秦淮，北倚后湖，西临长江。当然，宫之外，还有园，在皇城北，建了一座"华林园"，内有"天渊池"。

天渊池原本叫天泉池，三国孙吴时代，为沟通玄武湖引水而建，司马氏迁吴以后，沿袭洛阳旧制，改名为天渊池，之后便成为南朝历代皇帝游宴之地。

重要的是，建康是乐府吴歌的发源地，唱得最多的花卉就是荷花。在帝王臣子的游宴诗里，荷花更是少不了的意象，翻看六朝文学史，各朝都有荷花诗留存。写得最好的，自然是梁武帝父子。武帝萧衍是第一个以《采莲曲》为题写江南采莲之美的，也是第一个把采莲曲由民间歌谣改为文人诗歌的。自他开始，《采莲曲》便成为一个固定曲牌，后代诗人词客，几乎无人不写《采莲曲》。

宫廷植荷，至隋唐为鼎盛。最著名的赏荷处，在城东南的“曲江池”。这里原是秦汉时代皇家“宜春苑”所在，苑内原本就有“曲江池”，只是后来的隋文帝不喜欢这个名字，亲自把曲江池改叫“芙蓉园”，并在池内广植荷花，盛夏时节带着宫妃、王公乘舟游赏。

隋文帝打的基础相当不错，大唐前几任皇帝都挑不出什么毛病，只管在池子里玩耍享受。轮到唐玄宗，突然觉得还是原来的名字好，执意把“芙蓉园”改回“曲江池”，然后把“宜春苑”改叫“芙蓉园”。

不止如此，唐玄宗还从别处引水注入曲江，在芙蓉园增建楼阁，在曲江池多植荷花和菖蒲，并经常携杨玉环一起赏荷饮酒。《开元天宝遗事》云：“太液池有千叶白莲，数枝盛开，帝与贵戚宴赏焉。”

曲江池是长安名胜，更引无数诗人争写曲江荷花，唐宋八大家之首韩愈，亦有诗云：“曲江荷花盖十里，江湖生目思莫缄。”直到现在，凡去西安旅游，曲江和芙蓉园也是一定要去的打卡地。

北宋一朝，国都在东京汴梁，城内有著名的“金明池”。每年三月，金明池春意盎然，桃红似锦，柳绿如烟，花间有粉蝶，树上有黄鹂，池内更是藕花成片。逢阴雨绵绵之夜，人们竟然蜂拥金明池边，只为聆听雨打荷叶的声音。

西京洛阳，则有一座“九洲池”，也是皇家池苑。始建于隋，唐宋因之。九洲池属于平地筑园，“广水无山”，“鸟鱼翔泳，花卉罗植”。李清照的父亲李格非是北宋文学家，曾写了一篇著名的《洛阳名园记》，其后记曰：“方唐贞观开元之间，公卿贵戚，开馆列第于东都者，号千有余邸。及其乱离，继以五季之酷，其池塘竹树，兵车蹂践，废而为丘墟；高亭大榭，烟火焚燎，化而为灰烬，与唐共灭而俱亡者，无余处矣。予故尝曰：‘园圃之废兴，洛阳盛衰之候也。’”由此可知，宋代的洛阳名园，其实是前代残留的遗产。

靖康之耻，宋室南渡，其皇家园林也从京洛转入苏杭。在洛阳，荷花排在牡丹之后，在杭州，却以荷花为最。唐代，白居易曾在杭州当了三年刺史，写过《余杭形胜》：“余杭形胜四方无，州傍青山县枕湖。绕郭荷花三十里，拂城松树一千株。”宋代，柳永曾写出“三秋桂子，十里荷花”，杨万里曾写出“接天莲叶无穷碧，映日荷花别样红”。

彼时的杭州，诗人或词人，看上去比西湖的荷花还拥挤，而他们笔下的荷花，更是层层叠叠、尽善尽美。

与南宋对峙的是女真人。大金国第四任皇帝完颜亮是个喜欢荷花的顽主，曾为荷花亲自导演了一场迁都大剧。他在国都上京会宁府种植了二百株荷花，都未能成活，于是就在朝会上问大臣们是何

明 徐渭《墨花九段图》局部

原因。一位大臣站出来说："自古江南为橘，汇此为枳，非种者不能，盖地势也。上京地寒，惟燕京地暖，可栽莲。"此大臣所言，怎知不是被授意？总之，迁都的事儿就这么定了。

其实，据文献记载，在早于金国四百多年的渤海国时代，黑龙江牡丹江一带就已经栽植莲藕了。然而，看看完颜亮后面的表现，也确乎是出于真爱。

金国迁都燕京之后，国主完颜亮果然栽种了更多的荷花。今天的玉华门外，就是金国的皇家园林"同乐园"，园内凿有"鱼藻池"，等于是金国的"太液池"。今天的北海、香山、钓鱼台、玉泉山、陶然亭、玉渊潭诸地，就是金国皇帝的离宫别苑，其中北海公园里的叠石，就是当年金国人从汴京御苑里拆移的艮岳太湖石。今天的燕京八景之太液秋风、琼岛春荫、西山晴雪、卢沟晓月、玉泉垂虹等，更是从金国时开始名噪。

总之，只要有池有水，就被金海陵王完颜亮种满了荷花。正如《日下旧闻考》载，彼时的金中都皇宫，真可谓"宫阙壮丽，延亘阡陌，上切霄汉，虽秦阿房、汉建章不过如是"。

还有人说，北京的莲花池，也是金人起的名字，彼时叫"西湖"。在金中都时代，燕京不仅有莲花池，更有莲花河，这片湖泊水系，一直承担着蓟城的护城河、园林、水道的供水。所以，莲花池地名，至今仍存，已被辟为古辽金遗址公园。

明清两代，皇家园林奢华到极致。总起来看，有三个类型：一是大内御苑，位于皇宫内，与宫殿相邻，其实是皇家建筑的组成部分，比如明代的“西苑三海”，也叫“太液池”；二是离宫御苑，多位于皇城近郊，比如清代的圆明园和颐和园；三是行宫御苑，大多建在帝王外出巡游的御道上，供临时驻跸之用，比如清代的避暑山庄。

颐和园的昆明湖，古称“七里泺”。此处种植荷花的历史，最早可溯至元、明之世。元代，七里泺改叫“瓮山泊”或“大泊湖”，有“莲红缀雨”之美名。明代，瓮山泊也叫“西湖”，因其在京城之西。后在瓮山前修筑过一条长长的堤坝，用它挡住西来之水，因而汇成一片湖，故称“西堤”。在《帝京景物略》里，明代文人刘侗专门写了一篇《西堤》，以及西堤里的荷花：

> 堤，官堤，人无敢亭，无敢舫，无敢渔。……荷花时即叶时，花香其红，叶香其绿，香皆以其粉。荷，风姿而雨韵：姿在风，羽红摇摇，扇白翻翻；韵在雨，粉历历，碧琤琤，珠溅合，合而倾。荷，朵时笔植，而花好偃仰，花头每重，柄每弱，盖每傍挤之。

为培植荷花贡献最多的帝王是乾隆皇帝，他和完颜亮有一拼。清漪园、圆明园、避暑山庄的荷花，都是在他的指令下从江南引种的，他甚至对荷花长势、开花时间的早晚，都格外关注。每年荷花盛开时节，他竟然会凑近荷花，细察慢品，不但将荷花入画，还题写了许多诗，仅有关清漪园荷莲的御制诗，就有将近六十首。北海公园一直是皇家御花园，而且北海的湖面大部分为莲叶所覆，莲叶有时候高出水面将近两米。莲叶下可以行驶小船，泛舟者更是不会少了乾隆皇帝。他认为荷花有一种大精神：“绿叶撑如油碧伞，红葩擎似赤琼杯”，“以屈为伸，丈夫之道；淡而无华，高节乃现”。

乾隆皇帝喜欢下江南，看到荷花，便按捺不住，御制《曲院风荷》诗序曰：“西湖曲院为宋时酒务地，荷花最多，是有曲院风荷之名。兹处红衣印波，长虹摇影，风景相似，故以其名名之。”诗云：“香远风清谁解图，亭亭花底睡双凫。停桡堤畔饶真赏，那数余杭西子湖！”

第三次南巡至杭州西湖，再见“曲院风荷”，乾隆皇帝依然被亭亭莲荷所迷，回京后便在圆明园筑台建亭，叠石砌池，栽柳植荷，复制了一座“曲院风荷”，使其成为圆明园四十景之一。

避暑山庄是康熙皇帝所建，灵感来自三下江南。然而，许多以荷花为主的景致，皆是乾隆皇帝增建。比如，“曲水荷香亭”——下临曲沼，“藕花无数，荷植亭亭”，颇具山乡特色。再比如，“观莲所”——风貌如亭，四面开窗，近水傍堤专供赏荷，面对“芙蕖万柄，涵光照影，天葩琼蕊，诚为罕观”。

建皇家园林，在园林里凿池植荷，是历代帝王的共同爱好，在中国的种荷史，尤其是赏荷史上，皆是重重的一笔。只是，在皇家眼里，荷花种得再多，开得再美，不过是玩赏之物，而所有的池，也不过是玩花池。

因为荷花是君子之花，而帝王是国之君主，喜欢荷花也不必做什么君子。因为在各朝各代的“玩花池”里，只有荷花是干净的，就像贾府的石狮子。

园　池

杭州西湖附近，有个中国作家度假村，某年夏天，我曾冒着四十度高温，在那里待了一段日子。

酷暑季，亦是赏荷季。在杭度假期间，亦尽是赏荷了。看过西湖的曲院风荷，便去看郭庄的苏池，刘庄的水竹居，它们都在西湖附近，甚至是西湖的一部分。离开了西湖，则去了西溪。在那片神秘的湿地里，又意外地看到了高庄，那里竟然也是赏荷胜境。

郭庄、刘庄、高庄，皆属私家园林。我有个小发现，在苏州、无锡和扬州，同类的私家园林，都是叫什么什么园，在杭州却叫什么什么庄，不禁哑然失笑，如此雅致的杭州，竟也有朴拙的一面。后来听说，杭州的庄不止我看到的几个，在刘庄附近，当年还有韩庄、杨庄、康庄、范庄，只不过它们现在已经与刘庄一起，被编入西湖国宾馆。

去过江南无数次，带给我陌生感和好感的诸多事物中，有一个便是私家园林。杭州的几个庄，其实是最晚看到的，早前去过上海的豫园、绍兴的沈园、无锡的寄畅园，也去过苏州的拙政园、网师园、耦园、退思园和扬州的个园、何园，等等。

我也写过两篇小文，《婉约江南》写的是寄畅园，《私家园》写的是退思园。于是知道，私家园林园主非富即贵，并可细分出两大类，“士人”和“商人”。不管哪一类，必凿园池，必植荷莲，只是在规模上逊于皇家园林而已。

南朝最有名的士人园，叫“始宁山庄”，园主是谢灵运。南朝的都城在今天的南京，古属江南吴地，荷花得地利之便，早已成皇家园林私宠。后因佛教的兴起，庄园经济的发展，寺院园林和私家园林开启了。谢灵运是何等人物，祖上世代为官，谢安是他的族祖，谢朓是他的族侄，他自己也是以门荫入仕。不过，比较拧巴的是，谢灵运喜欢做官，却不把朝廷放在眼里，性情偏激，不受约束，喜游山水，动不动就跟皇帝玩失踪，气得皇帝只好把他一次次外放。这倒是天赐良机，谢灵运干脆在外放地大兴土木，给自己建了一座清幽的始宁山庄，不理地方政事，做逍遥的自己。而且，一不小心，写成了山水诗鼻祖，引南朝的文学大家们不吝夸赞。鲍照曰：“谢五言如初发芙蓉，自然可爱。”钟嵘的《诗品》亦引汤惠休评语：“谢诗如芙蓉出水。”

在始宁山庄，谢灵运不但大种荷花，而且还成为写荷大家。其《山居赋》云：“虽备物之偕美，独扶蕖之华鲜。播绿叶之郁茂，含红敷之缤翻。怨清香之难留，矜盛容之易阑。”在此之前，咏荷诗大都用比兴之法，属于侧写。自南朝开始，荷花有了审美属性，文人不再那么绕来绕去，而是从正面描写她的艳美。始宁山庄的功劳，就是让谢灵运与荷花耳鬓厮磨，日日相守，以一种超功利的审美的眼光去写荷花，成为开一代风气的代表性人物。

只是，始宁山庄虽然是妥妥的士人园，谢灵运本人也始终认为自己是个官，可他的仕途并不成功，终因不谙朝堂玄机而死于非命，实在令人唏嘘。

隋唐的私家园林，也相当出色。最有名的，是长乐公主、长宁公主、义阳公主、太平公主诸家的私人庄园。

读读王勃的《采莲赋》，就知道公主们在庄园里的赏荷方式有多豪横："是以吴娃越艳，郑婉秦妍。感灵翘于上节，悦瑞色于中年。锦帆映浦，罗衣塞川。飞木兰之画楫，驾芙蓉之绮船。问子何去，幽泽采莲。……洪川泱泱兮菡萏积，绿水湛湛兮芙渠披。惜时岁兮易暮，伤君王兮未知。……"

在朝为官者的士人园，最有名的有三座。盛唐有王维的"辋川别业"，中唐有裴度的"绿野堂"，晚唐有李德裕的"平泉庄"。他们三个，王维官位最低，裴度和李德裕皆官至宰相。但是，三个人也有共同点，皆宦海沉浮，急流勇退，以陶谢为榜样，建园以避世，卧看流云自沧桑。

王维的辋川别业建在辋川山谷，那地方在陕西的蓝田，早先是

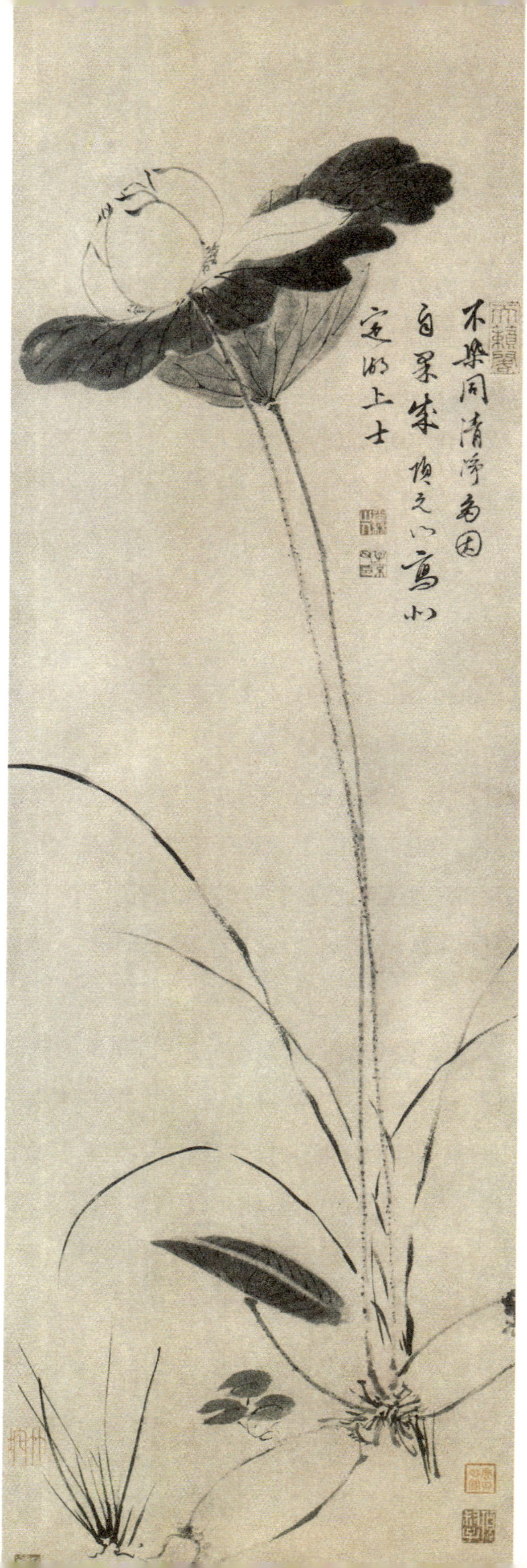

明 项元汴《荷花图》

诗人宋之问的辋川山庄，在此基础上，王维营建了一片拥有林泉之胜的天然山谷园林。在辋川别业里，有一座面积不小的“欹湖”，它在唐朝山水诗人裴迪笔下是这样的：“空阔湖水广，青荧天色同。舣舟一长啸，四面来清风。”为了在别业里赏荷，还建了一座“临湖亭”，王维为它写了一首诗：“轻舸迎上客，悠悠湖上来。当轩对尊酒，四面芙蓉开。”

士人、诗人、画家，都是王维的标签。他在骨子里是爱荷的，把亭子立在湖中央，为的就是满目是荷，在荷风里饮酒，在荷香中入禅。

已经入禅的王维，在山谷里写了许多山水诗，而且多是五言诗。与七言相比，五言显得洒脱，像一个人自言自语，也像一个画师在执笔白描。

《山居即事》云：“寂寞掩柴扉，苍茫对落晖。鹤巢松树遍，人访荜门稀。绿竹含新粉，红莲落故衣。渡头烟火起，处处采菱归。”

《莲花坞》云：“日日采莲去，洲长多暮归。弄篙莫溅水，畏湿红莲衣。”

正因为有松鹤为友，有竹莲相伴，王维在自己的别业里活成了佛性的自己。

关于绿野堂，《旧唐书·裴度传》曾细述其貌：“东都立第于集贤里，筑山穿池，竹木丛萃，有风亭水榭，梯桥架阁，岛屿回环，极都城之胜概。又于午桥创别墅，花木万株，中起凉台暑馆，名曰绿野堂。引甘水贯其中，酾引脉分，映带左右。”

裴度有两个文坛至友，一个是刘禹锡，一个是白居易。他们两个是绿野堂常客，而且皆不吝夸赞。刘禹锡诗云：“二室烟霞成步障，三川风物是家园。”白居易诗云：“依竹开方丈，依林架桔槔。春池八九曲，画舫两三艘。径滑苔粘屐，潭深水没篙。绿丝萦岸柳，红粉映楼桃。”

绿野堂是典型的士人园，而且是热闹的士人园。拿绿野堂跟辋川别业比照，后者显得荒寒僻远了。

任数朝宰相的裴度，因为党争而两次留守东都洛阳。他是个极有亲和力的官员，好士近贤，硬是把绿野堂办成了退闲文人的“文酒之会”。据《旧唐书》载：“视事之隙，与诗人白居易、刘禹锡酣宴终日，高歌放言，以诗酒琴书自乐，当时名士，皆从之游。”

奇就奇在，在裴度的周围，除了大名鼎鼎的白居易和刘禹锡，还有同样大名鼎鼎的韩愈、张籍、元稹、柳宗元。笼络出这样的朋友圈，古今有几人可以做到？

裴度是政治家，也是文学家。在他的诗存里，有两首写到荷莲。一首是《夏日对雨》：“登楼逃盛夏，万象正埃尘。对面雷嗔树，当街雨趁人。檐疏蛛网重，地湿燕泥新。吟罢清风起，荷香满四邻。”另一首是《真慧寺》：“遍寻真迹蹑莓苔，世事全抛不忍回。上界不知何处去，西天移向此间来。岩前芍药师亲种，岭上青松佛手栽。更有一般人不见，白莲花向半天开。”

盛唐以前的诗，多写红莲；中唐以后的诗，多写白莲，而且是在园池里栽植的白莲，白居易是写白莲的诗人中最出彩的一个。裴度既与白居易厮混如友，当然不只喜欢真慧寺里的白莲，在他的绿野堂园池里，种的或许也是白莲吧？因为白莲的孤高，与落寞者心境更近。

李德裕的身份与裴度相似，不过在政治家、文学家名头之外，多了一个战略家。他的父亲叫李吉甫，在唐宪宗朝任宰相。唐武宗即位后，李德裕"子承父业"，入朝为相五年，而唐武宗与李德裕的君臣相知，亦被史家称为晚唐绝唱。然而，唐宣宗继位后，第二天就免了他的相位，并一贬再贬，他最后成了一个崖州司户。不久前我去阿坝州马尔康，居然在一张英国探险家拍的旧照片里，看到李德裕在外放地当政时修的一座城楼。尽管如此，历朝历代，对李德裕评价甚高，李商隐给《会昌一品集》作序时，誉之为"万古良相"。近代的梁启超，更是把他与管仲、商鞅、诸葛亮、王安石、张居正并列，说他是中国古代六大政治家之一。

平泉庄建于李德裕做宰相的时候。据唐人康骈《剧谈录·李相国宅》载，平泉庄"去洛阳三十里，卉木台榭，若造仙府"。另据宋人张洎《贾氏谈录》载："平泉庄台榭百余所，天下奇花异草，珍松怪石，靡不毕具，自制《平泉山居草木记》。"这个园子，与其说是游息的别庄，不如说是让自己还原为文学家的道场。

文学家李德裕写了很多诗文，且大都气势如虹。其《白芙蓉赋》云："金陵城西有白芙蓉，素萼盈尺，皎如霜雪。……古人惟赋红蕖，未有斯作。……嗟夫楚泽之中无莲不红，惟斯华以素为绚。"

以素为绚。太喜欢这个词了，自古写白莲之美者，谁曾如此独到？

两宋时代，莳花艺树颇是流行。北宋以洛阳为西京，而洛阳曾是汉唐旧都，本来就是名园荟萃之地，再加上北宋公卿贵戚大肆兴建邸宅、园林，坊间便有"人间佳节惟寒食，天下名园重洛阳""贵家巨室，园囿亭观之盛，实甲天下""洛阳名公卿园林，为天下第一"之说。李清照的父亲李格非，曾写《洛阳名园记》，被视为研究北宋私家园林的重要文献。文中记述了数十个名园，大都是私人所建，且大多都建在唐代废园的原址上。

据载，北宋最有名的造园者是韩琦。他是政治家、词人，也是个武将。20岁考中进士，自此踏入仕途。但是官运不好，总是被朝廷派到边陲当官，而他总能把那种天高皇帝远的地方治理得政通人和。宋与西夏休战之后，他与范仲淹被派到前沿防御，在军中颇有声望，曾有"韩范"之称。再后，韩氏在官场就有点太顺了，他和范仲淹等主持"庆历新政"，至仁宗末年拜为宰相，且辅佐三朝，为相十载，欧阳修赞其"临大事，决大议，垂绅正笏，不动声色，而措天下于泰山之安，可谓社稷之臣矣"。

当宰相之前，韩琦曾因辽夏之防，操劳过度，积劳成疾，请求回老家安阳，一边养病，一边当知州。他将州署后园进行扩建，

明 陈洪绶《荷花鸳鸯图》

引水入园，与园中池塘相连接，建亭台堂池，植花草树木，修竹莲菱，并将此园命名为“康乐园”，取“时康与民同乐”之意。其《康乐园》诗云：“疏池育莲芰，表道植杨柳。”北宋时期，几乎每个大城市都有一个对庶民开放的公园，时称“郡圃”。康乐园虽是韩琦所建，却不是私家独享。

韩琦是白居易的拥趸，在《醉白堂》诗中，曾写“人生所适贵自适，斯适岂异白乐天”之句，赞其“池中所出粗可爱，芡盘菱角红白莲”。苏轼作《醉白堂记》，认为白居易的“中隐”之举是“独善其身”，被动而无奈，而韩琦的造园行为，却是“功成身退”，主动而积极。

宋室南渡后，园林中心也南移到苏杭一带，园林之盛超过了京洛。吴自牧《梦粱录》载十九处，周密《武林旧事》载四十五处，《癸辛杂识》载三十四处。园林在水乡，荷花自然是不可或缺的水上风景。如杨万里诗云：“旁人莫问游何许，只拣荷花闹处行。”如《柳梢青》词曰：“天香暗逐风回，正十里，荷花盛开。买个小舟，山南游遍，山北归来。”

《癸辛杂识·前集》，曾记吴兴著名的“莲花庄”：“在月河之西，四面皆水，荷花盛开。锦云百顷，亦城中之所无。”吴兴属于湖州，唐宋时代，莲花庄一带叫白蘋洲，“荷花盛开，锦云百顷”，“为吴兴一绝”，所以，白居易还曾为之写过《白蘋洲五亭记》。

赵孟頫老家在湖州，莲花庄后来成了他的私家园。他是宋太祖赵匡胤十一世孙，南宋晚期至元朝初期为官，因为有翰林学士承旨衔，故莲花庄有“学士庄”之称，一时闻名江南。

无数的书法家崇拜赵孟頫。其实，他不只是书法家，还是官员、画家和诗人。身居莲花庄，不论写诗还是绘画，自然离不开莲花。其绘画有《荷花水鸟图》，现藏台北“故宫博物院”。诗词有《后庭花》：“清溪一叶舟，芙蓉两岸秋。采菱谁家女，歌声起暮鸥。乱云愁，满头风雨，戴荷叶归去休。”有《南乡子》：“云拥髻鬟愁。好在张家燕子楼。稀翠疏红春欲透，温柔。多少闲情不自由。　　歌罢锦缠头。山下晴波左右流。曲里吴音娇未改，障羞。一朵芙蓉满扇秋。”

“多少闲情不自由。”此句如石，一下击中了我。闲情，我所愿也，自由，亦是我所愿也。古今文心，竟是如此相通。

最后说说西溪的高庄。它也是一座士人园，园主是高士奇，他的人生简直是一场逆袭，用现在的话说，他就是一个凤凰男。重要的是，一样是皇帝身边的人，东方朔侍奉的是汉武帝，高士奇侍奉的是康熙皇帝，但是他比东方朔命好，东方朔常被汉武帝吊打，他却被康熙皇帝宠到过分。

曾有人扒过高士奇的历史，说他在江南各地筑庄建墅，高庄只是其中一座。朝廷接到许多举报他贪腐的折子，康熙皇帝明明什么都知道，却睁一只眼闭一只眼。因为康熙皇帝离不开他，两个人处得就像“青梅竹马”的玩伴。于是，康熙皇帝下江南，特地到高庄做客，还给庄里一座小楼随手题了两个字："竹窗"。如今高士奇早就不知成了何方游魂，那楼却成了名胜里的名胜，来访者游高庄，必在"竹窗"瞻仰一番，再慨叹一番。

竹窗的身后，就是高庄的后花园。那里有一座碧潭，占地约两亩，丛荷簇拥，红香点点。荷塘四周，除了"竹窗"临水，还有"桐荫堂""云心阁""藕香居""一枝巢"绕池。西溪湿地是绿色的、天然的，高庄是精雕的、细刻的，风格迥异，却混搭得恰如其分。

高士奇也有一首写荷的诗："去城不数里，境地却翛然。树密遮游骑，荷香出画船。山光摇碧沼，桥影倒晴川。时有高僧到，松镫夜叩禅。"

在高氏的诗里，可以看到士人生活的闲适，也可以看到富贵者喜不自胜的炫耀。

皇家园植荷的水景，被吴王夫差自名为"玩花池"；士人园植荷的水景，似可称之为"园池"。主要是主人的身份不同，赏荷的方式和态度也不同。前者赏荷，看到的是天下太平，盛世繁荣；后者赏荷，看到的是人世沉浮，世态炎凉。君不见，多数士人耽在园中，对花写诗，都与官场失意有关。

存在即合理。如果没有那些心有不甘的士，哪有那些名垂至今的园？没有那些名垂至今的园，哪有那些摇曳生香的荷？没有那些摇曳生香的荷，又哪有那些闲适而自由的诗？

盆 池

天下文人，都有一样的习性，喜欢田园生活，但像中国文人这么喜欢的，却是绝无仅有。中国不但有孔孟，还有老庄，看似互相冲突，其实是一种平衡。文人们一直以此为药方，在入与出、仕与隐之间，纠纠缠缠，来来去去。大隐隐于朝，中隐隐于市，小隐隐于野，亦成了文人们安身立命的三种方式。

大隐最难，代表人物是西汉的东方朔，他曾宣称："宫殿中可以避世全身，何必深山之中，蒿庐之下。"东方朔之后，竹林七贤，也是大隐，但过于放浪形骸，亦不如东方朔那样游刃有余，都未得善终。

一场安史之乱，大唐由盛而衰，中隐成了时尚。彼时的文人，内心十分挣扎，入而不得，出而不甘，大隐不成，小隐不敢。思来想去，选择了中隐。正是这个中隐，使两个新名词应运而生："文人园"和"盆池"。

所谓的私家园林，并不是铁板一块，至少可以分出两种，士人园和商人园。士人园里，还可以再分出一种，文人园。我认为，士人和文人不是一个概念，它们之间只是有重合，原因在于中国的文官制度，使有的士人同时也是文人，但是士人又比一般文人官高俸厚，生涯也以官为主，那就不能被放在文人堆里。而我所说的文人，即使有官职，也大多位卑俸薄，内心不驯，又成不了大事。若拿士人园与文人园相比，前者奢繁工巧，后者清简本真。

盆池，则是文人园的派生物，也是文人园的标配，即在自己修的园子里凿小池以自娱，用现在的说法，应该叫文人的“小确幸”。

文人园和盆池加在一起，主人得以退一步海阔天空，实现典型的中隐。

中国素有隐逸传统。隐是方式，逸是状态，文人在退无可退的时候，如此便是岁月静好。

弱势的文人，大都有形形色色的癖和好，各种各样的痴和迷，并深陷其中，不想自拔。所以，在中唐文人园里，不只有盆池清荷，还有诗文、绘画、品茗、饮食、琴棋、谈玄、斗禅、渔稼、游赏，甚至讲学著述、收藏品鉴、发呆养懒之类。也正因此，我把文人园从士人园里抽离出来，独自成章。

中隐和文人园的“带头大哥”是白居易。

大唐由盛而衰，正巧让白居易碰上了，于是他以一首《长恨歌》，作别一个时代。十年后，写了一首五言长诗，诗的题目就叫《中隐》：“大隐住朝市，小隐入丘樊。丘樊太冷落，朝市太嚣喧。不如作中隐，隐在留司官。……人生处一世，其道难两全。贱即苦冻馁，贵则多忧患。唯此中隐士，致身吉且安。穷通与丰约，正在四者间。”

读这样的诗句，心里在打冷战。一个那么有尊严的大文人，经过各种考量和研判之后，最终找到这么一个自以为恰切周全的退路，何其悲哀！

白氏文人园有两处，一处在庐山，一处在洛阳，皆是白氏的中隐之地。

在庐山，是因为他被贬到江西，任江州司马，便在庐山北麓香炉峰下建草堂隐居，亲自选址，亲自营建。人们只知白氏是诗坛巨匠，殊不知他还是园林高手。

在洛阳，是因为他被任命留司官，做太子宾客，虽是正三品，却是个闲职，于是在东都洛阳建了一座“履道坊宅园”。检看白氏一生，他竟有二十多年居留在洛阳，在履道坊去世后，也葬在洛阳。

白氏文人园的清简，可见《池上篇》序言：“都城风土水木之胜在东南偏，东南之胜在履道里，里之胜在西北隅，西闬北垣第一第，即白氏叟乐天退老之地。地方十七亩，屋室三之一，水五之一，竹九之一，而岛树桥道间之。”

小而又小的盆池，领军者也是白居易。

所谓盆池，形状如盆，大小如池，以文人素手，开凿而成。凿盆池只为栽莲，彼时的文人，最喜白莲。关于白氏盆池，可见《庐山草堂记》：“是居也，前有平地，轮广十丈。中有平台，半平地。台南有方池，倍平台。环池多山竹野卉，池中生白莲、白鱼。”

有了园，有了盆池，白氏的生活常态便是这样的：“罢苏州刺史

明 项圣谟《花卉十开：莲藕图》

时，得太湖石、白莲……每至池风春，池月秋，水香莲开之旦……颓然自适，不知其他……紫菱白莲，皆吾所好，尽在吾前。”

罢官得石，对莲饮酒，颓然自适，其情其状，宛如一幕剧在眼前回放，让人为之泪目。

但是，颓然自适者何止白氏一人？唐宋八大家之首的韩愈，与白居易生在同一个时代，也是不折不扣的盆池爱好者，且颇有心得，曾写过著名的《盆池五首》：

老翁真个似童儿，汲水埋盆作小池。一夜青蛙鸣到晓，恰如方口钓鱼时。

莫道盆池作不成，藕稍初种已齐生。从今有雨君须记，来听萧萧打叶声。

瓦沼晨朝水自清，小虫无数不知名。忽然分散无踪影，惟有鱼儿作队行。

泥盆浅小讵成池，夜半青蛙圣得知。一听暗来将伴侣，不烦鸣唤斗雄雌。

池光天影共青青，拍岸才添水数瓶。且待夜深明月去，试看涵泳几多星。

即使是文学大咖，他们也只能过着中隐的日子。一方小小的盆池，居然也能写得如此绘声绘色，既可见白居易的号召力，亦可见盆池在当年有多风行。

在白居易的“庐山草堂”之前，已有杜甫的“成都草堂”。彼时，杜工部为避“安史之乱”由陇入蜀，在成都东郊置一草堂，一下住了四年多。

重要的是，杜甫也爱荷花，写过许多荷花诗。其中《为农》一首，就是在自家草堂写的：“锦里烟尘外，江村八九家。圆荷浮小叶，细麦落轻花。卜宅从兹老，为农去国赊。远惭勾漏令，不得问丹砂。”此外，还有一首《狂夫》：“万里桥西一草堂，百花潭水即沧浪。风含翠筱娟娟净，雨裛红蕖冉冉香。”

不过，成都草堂是杜甫的家宅，而不是文人园，那些荷花也不在自家盆池，而在门前水潭。就像“窗含西岭千秋雪，门泊东吴万里船”，虽然也是在成都草堂写的，却都是借来的景致。

杜甫本是文人，却入世太深，“致君尧舜上，再使风俗淳”，自己的茅屋已为秋风所破，想的却是“安得广厦千万间，大庇天下寒士俱欢颜”。在他去世两年后才出生的白居易，显然要比杜工部看得开，入与出，更是拿捏得当。看看《草堂前新开一池，养鱼种荷，日有幽趣》，就知道白居易在文人园过得有多滋润：“红鲤二三寸，白莲八九枝。绕水欲成径，护堤方插篱。已被山中客，呼作白家池。”

也不能怪白居易，生逢乱世，唯求自保。凿盆池赏荷，与采菊东篱下，其实是异曲同工，只不过陶氏小隐在田园，白氏中隐在市井。这也是许多唐代诗人的生存状态。后辈诗人杜牧，也曾作《盆池》诗："凿破苍苔地，偷他一片天。白云生镜里，明月落阶前。"

宋代也有文人园和盆池，却与唐人迥异。宋人务实，不但在盆池植荷，还在盆池养鱼，当然不是用来吃的，而是用来赏的，以鱼之乐娱己心。刘敞写道："新置盆池，种莲荷菖蒲养小鱼数十头，终日玩之，甚可爱，偶作五言诗。"其诗云："采芳未盈手，积润不满寻。游鱼亦何乐，幽客同此心。安排在所寓，相与忘浮沉。"

宋代崇尚理学，文化又处处精致，即使面对一眼盆池，也要以小见大，由近及远，从眼前的盆池，想到远方的江湖，且相忘于江湖。于是，在唐诗里极少见到的"江湖"二字，在宋诗中却屡见不鲜。韩维《和原甫盆池种蒲莲畜小鱼》诗云："江湖岂非壮，浩荡不可寻。安知一斛水，坐得万里心。植蒲翠节耸，种莲柴实沉。……"邵雍《盆池》诗云："三五小圆荷，盆容水不多。虽非大薮泽，亦有小风波。粗起江湖趣，殊无鸳鹭过。幽人兴难遏，时绕醉吟哦。"

说到底，唐诗和宋诗是两种审美。同样写山水，唐诗是放达的，高峰远望，意气浩然；宋诗则是内敛的，曲涧寻幽，情境冷峭。站在今天看，唐诗的风格很"东北"，宋诗的气质很"江南"。

元人盆池，可见张雨的《水调歌头·盆荷》："江湖渺何许，归兴浩无边。忽闻数声水调，令我意悠然。莫笑盆池咫尺，移得风烟万顷，来傍小窗前。稀疏淡红翠，特地向人妍。　华峰头，花十丈，藕如船。那知此中佳趣，别是一壶天。倒挽碧篙酾酒，醉卧绿云深处，云影自田田。梦中呼一叶，散发枕书眠。”

我想，元代可能有许多以盆池为乐的文人，而且深得盆池要领，因为只凭这一首词，就让我看出元代盆池的三个特点：一是面积小，而在文人眼里，却是咫尺抵万顷；二是傍在小窗前，说明园子空间不大，且有楼阁为伴；三是坐在池边，可以做个散发闲人，对一张琴，一壶酒，一池荷，捻琴枕书自田田。

明清之季，盆池仍在。陈淏子《秘传花镜·敞室置具》云：“敞室宜近水，长夏所居，尽去窗槛，前梧后竹，荷池绕于外，水阁启其旁……”

陈氏是清代著名的园艺学家，自然也深谙盆池之道。

一个事实却是，明清以后，盆池趋冷。有人说，与文人园渐少而商人园渐盛有关。

代之而起的，是“盆景”。

与盆池相比，盆景更显精致，几乎就是一种造型艺术。因为精致，而成为富商大贾心头爱。在阔绰的庭院或府邸里，“开花如钱大”的小种荷花，与别的盆景并列在一起被观赏，彼时几成时尚。

盆景也叫盆荷。有文字记载的盆荷，最早始于东晋。

王羲之是书法大家，也是盆荷爱好者。其《柬书堂帖》载：“荷花想已残，处此过四夏，到彼亦屡，而独不见其盛时，是亦可讶，岂亦有缘耶？弊宇今岁植得千叶者数盆，亦便发花，相继不

明　项圣谟《花卉十开：荷花图》

绝，今已开二十余枝，颇有可观，恨不与长者同赏。”

可以看出，养在王羲之家里的盆荷是“千叶莲”。千叶莲也叫“千瓣莲华”，在佛界有“菩萨华”“佛座莲”之称。千叶莲是多瓣白莲花，叶小，藕窳，不结莲蓬，很适合盆栽，配文房四宝，也算珍奇。

唐代文人园，虽以盆池为主打，盆荷少见，却也是互为映照，或者说，盆荷是对盆池的补充，都是一种赏荷方式。王建《题诜法师院》诗云：“秋天盆底新荷色，夜地房前小竹声。”皮日休诗云：“薜蔓任遮壁，莲茎卧枕盆。”

从这两首诗里，至少看见了一个事实，盆荷与人近，亦与人亲，古人养盆荷，如今人养宠物，有一种特别日常的厮守感。

不仅如此，在唐代文人园，还曾流行一种水石盆荷。白居易《西街渠中，种莲垒石，颇有幽致，偶题小楼》诗云：“朱槛低墙上，清流小阁前。雇人栽菡萏，买石造潺湲。影落江心月，声移谷口泉。闲看卷帘坐，醉听掩窗眠。路笑淘官水，家愁费料钱。是非君莫问，一对一翛然。”

关于水石盆荷，白氏还写过一首《莲石》：“青石一两片，白莲三四枝。寄将东洛去，心与物相随。石倚风前树，莲栽月下池。遥知安置处，预想发荣时。领郡来何远，还乡去已迟。莫言千里别，岁晚有心期。”

对于白居易，不论盆池还是盆荷，在他眼里都是中隐者的乐园。

宋代是雅文化达到极致的时代，当然也少不了盆荷。李纲曾写过这样的诗句："隐圃清和夏景初，小盆荷芰已扶疏。"

吴文英则在词前作小序："姜石帚以盆莲数十置中庭，宴客其中。"周密还在《武林旧事》写了一次盆荷盛会："禁中避暑，多御复古选德等殿，及翠寒堂内纳凉，长松修竹，浓翠蔽日，层峦奇岫，静窈萦深，寒瀑飞空，下注大地，可十亩。池中红白菡萏万柄，盖园丁以瓦盎别种，分列水底，时易新者，庶几美观。"

无所不通的苏轼，更是在《格物粗谈·花草》曰："带壳老莲子，磨薄尖头，浸靛缸中，明年清明取种，开青莲花。"

难怪当代的文人们，常常引颈遥望宋朝，连我这样的粗人，都曾数次受邀去参加宋式雅集呢。

与盆池相伴的盆荷，至明清才真正入流，甚至还火了起来。

明人高濂《遵生八笺》载："老莲子装入鸡卵壳内，将纸糊好，开孔，与母鸡混众子中，同伏，候雏出，取开，收起莲子。先以天门冬为末，和羊毛角屑，拌泥安盆底，种莲子在内，勿令水干，则生叶，开花如钱大，可爱。"

清人陈淏子《秘传花镜·花草类考·荷花》载："寻常红、白者，凡有水泽处皆植之。每有奇种，人家多用缸植。"又载："惊蛰后，先取地泥筑实缸底，再将河泥平铺其上，候日晒开坼，如雨，则盖之。直至春分，将藕秧疏种，枝头向南，以猪毛少许安在节间，再用肥泥壅好勿露。仍如前候晒开拆，方贮河水平缸，则花自盛。”关于盆景荷花，他还发现了与时令和水的关系：“春分前种一日，花在叶上；春分后种一日，叶在花上；春分日种，则花叶两平。”

清人沈复《浮生六记》亦载：“种盆莲时要用河水浇灌，并在太阳下晒，花发大如酒杯，叶缩如碗口，亭亭可爱。”

清嘉庆年间，中国第一部荷花专著《砺荷谱》问世，记录了三十多个荷花品种，提出了荷花品种分类标准，总结了民间盆栽技术经验，可见不论盆池或盆荷，已经不再是文人专享。

写到这里，想起了周敦颐，他认为荷花只可远观而不可近亵。那么，文人园里的盆池、商人庭院的盆荷，应该另当别论吧？

荷　外

名园名湖，属于风景名胜。亭台楼阁、曲径幽廊，点布有序，水里的花、岸边的树，相映成画。尽管人工痕迹太重，却很符合观赏者口味。古代的文人，或倚窗吟诗，或对月饮酒，骋目驰怀间，便留下诸多逸闻。今天的大众，或千里组团，慕名而至，或自由行，邂逅梦中景。不论哪一种，不论是谁，看名园名湖，要的就是这种精致，这种繁华。

一样是荷花，有的生在名园名湖，有的长在湿地池塘，自然就有了文野之分、尊卑之别。好在荷花是植物，而且是水生植物，在名湖是荷花，在野沼也是荷花。

名园或名湖里的荷花之所以受宠，主要是生物学因素所致。以花论之，色或红或白，妖娆多姿；以叶论之，擎擎如盖，且赏叶比赏花时间更长。在花期之内赏荷，宜风宜雨，宜白天宜月下，各有其趣。所以，一个名湖或名园，皆因荷花长得好而大增其色，亦因配之以蘋藻菱芡，疏柳修竹，而锦上添花。

的确，几乎所有的名湖，围绕着荷花，一定要在最近的岸堤装点几排柳、几丛竹，看似随意，其实是园林艺术。因为荷花之美，既有独立不倚的自美，也有与别的植物混搭而成的共美。后一种美，或许更重要，更符合中国人的审美传统。

园林艺术的传统，可上溯到《楚辞》。在屈原看来，植物与人一样，有的相吸，有的相斥，让相吸的花草找到彼此，便是一种唯美。

彼时，在巫风炽盛的楚国，荷花是巫祭圣物。在“纪楚地、名楚物”的《楚辞》里，荷花也是被屈原写得最多的香草。《离骚》有“制芰荷以为衣兮，集芙蓉以为裳”；《湘君》有“采薜荔兮水中，搴芙蓉兮木末”；《湘夫人》有“芷葺兮荷屋，缭之兮杜衡”；《招魂》有“芙蓉始发，杂芰荷些。紫茎屏风，文缘波些”。诗情万丈的三闾大夫，曾像编织花环一样，把荷花与兰、薜荔缠结到一起，构成了由他独创的“香草”世界。

清 朱耷《荷花水鸟图》

我每见香草一词，本能地就会想到屈原，想到《楚辞》，想到楚国的巫文化。香草本是女巫祭祀歌舞时的祭品或道具，《楚辞》却把香草移植过来，“因芙蓉而为媒”，“依诗取兴，引类譬喻”。

正是屈原创造的这个范式，直接影响了后世的诗和词，拿荷花与别的花草比配，几乎成了一个固化的审美模式。比如唐代，随意就可以找出三个好学生。裴迪诗云：“芙蓉曲沼春流满，薜荔成帏晚霭多。”许浑诗云：“玉池露冷芙蓉浅，琼树风高薜荔疏。”方干诗云：“池塘月撼芙蕖浪，窗户凉生薜荔风。”

当然，《楚辞》里的兰和薜荔是实写，因为那是一个香草王国，一个香草时代。唐人诗里的薜荔，没有具象性，只是对香草意象的一种传继。

香草之后，就是竹。如果说屈原笔下的香草，更多的还是意象，园林里的竹已然是实物。

最早是谢朓的《曲池之水》：“芙蕖舞轻带，苞笋出芳丛。”不仅有景，还有构图。当然了，构图里既有荷，还有竹。荷为主，竹为次。

就置景而言，荷与竹的搭配，要比荷与兰更加合理。《楚辞》里的兰，是兰草，而不是兰花。荷生于水中，兰生于“水旁下湿处”。再说，荷与兰处在同一个平面，看着也缺乏层次感。竹就不一样了，生在陆地，叶细而碎，枝干也修长；荷花生在水中，叶面圆而大，茎没有竹高，各种参差，怎么看都是绝配。更何况，荷花红艳炫目，竹子青翠葱茏，光是色彩的对比度，就够吸睛的。

关于荷与竹的比衬之美，可以看看南朝人写的诗句：

谢朓："飒飒满池荷，翛翛荫窗竹。"

庾信："竹动蝉争散，莲摇鱼暂飞。"

当然，与唐宋诗相比，南朝诗里的荷与竹，只是占了个先。

杜甫："竹深留客处，荷净纳凉时。"

刘禹锡："千竿竹翠数莲红，水阁虚凉玉簟空。"

白居易："竹径绕荷池，萦回百余步。"

黄庭坚："荷气竹风宜永日，冰壶凉簟不能回。"

张栻："差差竹影连坡静，细细荷风透屋香。"

韩淲："雨竹翻山翠，风荷漾水香。"

我就在想，现在也有荷花，而且有竹，有鱼，有蝉，有露，有风，可是谁能静下心来，凝神，聆听，然后"竹边荷外再相逢，又还是、浮云飞去"。

竹之后，是柳。读古代诗歌，荷柳组合的描写，亦是信手拈来：

李白："荷花初红柳条碧。"

杜牧："西阡下柳坞，东陌绕荷塘。"

李咸用："莲绕闲亭柳绕池。"

佚名："疏桐映兰阁，密柳盖荷池。"

韩淲："园柳绿已密，渚莲红始开。"

也是，柳树春天开始发芽、抽条，而荷花夏天开始绽蕾、开放。在荷池周围植柳，可以填补这个短暂的空窗期，还可以避免湖面的空旷和冷寂。此外，柳树枝条蔓而下垂，微风吹起时，随风飘荡，与"一一风荷举"的花姿，可谓天作之合。还有一种情况，假如狂风乍起，池边或湖边的柳树，还能起一个缓冲作用，避免荷花折茎呢。

清代钱泳《履园丛话》云："造园如作诗文。"其实，更多的时候，与荷花组景的既有竹，也有柳，二者不可或缺。

荷花开在水面，柳树缘岸而生，竹子则植于坡上，虽是人工设计，却浑如天然，显得层次分明，错落有致。

再说，柳树和竹子以丛植为主，在水边植柳栽竹，既没让水景被一览无余，还营造出一种风姿绰约的美感。花开时，岸上竹遮柳萦，湖中翠荷如盖，更显花之娇艳。荷花凋落后，柳树与荷花一起枯败，竹却临霜仍绿，且秋冬长茂，生命又是一种参差。

就是说，真正的荷花池畔，柳不可缺，竹更不可缺。而且，荷与竹营造的清幽，亦是荷与柳所不能。

当然，荷与竹相配，不只是景物层面的契合，更重要的是，竹是传统的"比德"花草。无论是"岁寒三友"还是"四君子"，竹皆是其中之一。荷虽不在其列，但是从屈原的香草美人，到周敦颐的《爱莲说》，荷花的比德之美，已经不言自明。荷因为与竹品格相似，皆是中通外直，具有节操，获赞更高。

看看宋代的诗，就知道荷与竹竟是绝配：

姚勉："莲为君子花，竹有君子操。"

连文凤："眼前无俗物，万竹与千荷。"

正是以比德而观之，即使是开在冬天的梅花，也因为竹与荷之配，而被宋人写入诗中：

钱时："老梅临沼绿阴阴，一朵荷花透入林。不比世间红粉面，结交真有岁寒心。"

李曾伯："宜琴宜奕尤宜酒，种竹种梅仍种莲。"

陈普："竹声梅影芰荷香，满檐连车不是赃。无奈浮云并粪土，百年瞬息万人忙。"

与名园名湖相对的，是湿地或湖泊。

其实，看荷花蛰伏于荒泊野淀，与别的水草亲密相处，别是一种味道。而且，这样的审美趣味，之前尚属小众，如今已成热门。因为绚烂于名园名湖里的荷花，如在朝显贵，娇生惯养，毕竟鲜少；蓬生于湿地湖泊里的荷花，如在野小民，芸芸众生，随处可见。在这个对人为干预严重排斥的时代，在这个对有机生态热烈追捧的时代，由一个人的审美观，便可直见其心性。

记得，生平第一眼看到荷花，是在我居住的城市公园里，只是池岸没有南方的竹，只有北方的槐，荷花当然是亭亭玉立的，孤芳自赏的，但也被造型美丽的石桥曲廊烘托着，被呵护在市中心，并被万人瞩目着。曾有一个错觉，以为荷花就应该开在著名的公园里，就应该开在游人如织的地方。

清　朱耷《荷花水鸟图》

后来知道，荷花本来就是野生的，而且是与各种野生水草打成一片的，因为它们在亿万年前就是近亲。更何况，在文学史上，从三千多年前开始，就有人把荷花与水草写在一起。《诗经 · 陈风 · 泽陂》云："彼泽之陂，有蒲与荷。"曹丕《秋胡行》云："泛泛绿池，中有浮萍……芙蓉含芳，菡萏垂荣。"谢灵运《石壁精舍还湖中作》云："芰荷迭映蔚，蒲稗相因依。"

古人这么写，也是因为见得太多，写荷，就得写草。

湿地或湖泊，主要有两类，一类是由天然湿地建成的公园，一类是由水库改成的湖泊。它们的共同之处，就是保持了原生态的荒凉之美。水里一定是有荷花的，水草却有好多种类，比如蔓生植物、浮生植物、挺水植物、沉水植物。它们与荷花一样，也是有水而荣，无水而枯。

比如菱与蘋，都属于挺水植物，又与荷花素有不解之亲，伴生于江湖，且从未相忘于江湖。

菱四月长叶，五月开花，六月即有嫩果，七月菱角成熟，菱的生长期与荷花大致差不多。菱角可食，采菱是江南古老的农事和民俗活动。在古诗词里，亦有与菱有关的诗句。唐人崔橹诗云："菱叶乍翻人采后，荇花初没舸行时。"

蘋的分布很广，属于多年生水生蕨类植物。小叶四片，十字对生，花期很长，自春至秋，与菱花一样，也是色白花小，可以弥补荷花未开之前水面的空白。《诗经 · 召南 · 采蘋》云："于以采蘋？

南涧之滨。”皎然《答张乌程》云：“前溪更有忘忧处，荷叶田田间白蘋。”温庭筠《莲花》云：“绿塘摇滟接星津，轧轧兰桡入白蘋。应为洛神波上袜，至今莲蕊有香尘。”

也许与我自身有关，在名园或名湖看荷，眼神里有一种旁观者的疏离，而在名不见经传的湿地或湖泊看荷，心身却有一种想融入的冲动。虽然也是人工种植，却因为地处野外，有一种放逐般的自由感，而且在看荷的同时，还可以看见与荷一样无拘无束的水草。那种乱乱的缤纷、乱乱的热闹，最是我喜欢的样子。

万物生来平等，那些湿地或湖泊，看着是荷花的舞台，其实也是水草的主场，只是水草们生性谦卑，甘愿作生净末丑，而把荷花推为这台戏的大女主，让荷花扮青衣或花旦。水草对荷花的爱，就像男人对女人的宠。

湿地或湖泊里最多的水草是芦苇。即使没有荷花作大女主，芦苇也是可以自成一派的。因为在一条大河的入海口可以有无边无际的芦苇荡，在河岸边也可以有拥来拥去的芦苇，但在这样的地方，荷花往往是缺席的。

书面上的芦苇，写在《诗经·秦风》里，芦苇被称为“蒹葭”。“蒹葭萋萋，在水之湄。”“蒹葭采采，在水之涘。”重章叠句、反复吟咏、一唱三叹，将一个人的凝望不断渲染，将一首诗的意境不断推进。写芦苇，其实是写心灵和情感的坚执。

辽河入海口有两个城市，一个叫营口，一个叫盘锦，我每次去那里都是看芦苇。那里的芦苇荡实在太大，在东北的白山黑水之间，牡丹江流域的湿地被称为“北大荒”，辽河口湿地被称为“南大荒”。在南大荒，我其实也看见过荷花，只是她的风头毋庸置疑地被芦苇比下去了。所以，去的人也大都不是为了荷花，而是为了芦苇。

不知为什么，即使走在名园里、名湖畔，我也希望有芦苇与荷花站在一起。柳和竹对荷花的确挺好，只是太门当户对了，是明媒正娶的一种好。我会走神儿，觉得芦苇对荷花更好，知根知底，亲密无间，是青梅竹马的那种好。

珍 馐

我是个不擅厨艺的人，每去菜市场，必买的是西红柿和黄瓜。如果不想开火，就当水果吃；如果想做菜，黄瓜可以凉拌，西红柿可以炒蛋。除此之外，最常买的一种蔬菜是藕。

我喜欢吃藕，这个喜好始于20世纪80年代初。当时，婆婆从四川来大连侍候月子，天天都要煲汤，在排骨汤、老鸭汤里，总是特意加入几段藕。满月之后，我可以吃味重的菜了，婆婆便用各种做法做藕，或用糖醋炒，或同糯米蒸，甚至与回锅肉一起炒。

我自己做藕，却是朋友教的。两个青海籍朋友结伴落户大连，又结伴来我家做客，知道我不会做饭，所以自带菜蔬，在那些绿色植物里，就有两截白色的藕根。一位朋友说，藕是她的拿手菜，于是亲自操刀做了一道青海风味藕。做法极简单，藕切成片，生姜切成碎末，先把姜末放入油锅翻炒，然后放入藕片再炒，加一点水，小火慢炒至熟。端上桌尝过，的确是一道别样美味，日后便成了我还算拿手的私房菜。

也许对藕的认知与婆婆有关，我一直把藕当作南方菜，每次买它，心里都会生出一丝小敬意，切它的时候，不由自主就带出一种仪式感。只要桌上多了这道菜，一顿饭就显得丰盛，有文化的“混血”感。

我是后来知道，藕是荷花的根茎。也是后来知道，荷花分两种，一种是用来看的，一种是用来吃的。用来吃的荷花，也分两种，一种是子莲，吃的是莲子，一种是藕莲，吃的是莲藕。我就在想，古人与荷花初遇那一刻，它还是植物，古人把莲子放进嘴里那一刻，它就成了食物。这说明世上每一种植物，都曾被古人试探着咀嚼过，若是毒药，人就丢了性命，若是佳肴，人便可以续命。如此多的食物，大概都是这么一个一个尝过来的吧？

仰韶文化遗址，告诉今人一个事实，早在五千年前，新石器时代的古人，就在池塘里弯腰采集野生的藕和莲子了；古老的《诗经》，也告诉今人一个事实，早在三千年前，西周的先民就已经开始人工种植莲藕了；中国第一部字典《尔雅》，则告诉今人另一个事实，早在两千年前，汉代的学者就给荷花各组成部分定名了。总

清 华嵒《荷花图》

之，在遗址和古籍里，中国人的食荷史，就被这么一段一段地、掷地有声地写了下来。

以藕为食，在汉代达到一个高度。那年去长沙，有机会看马王堆出土文物。在一座墓坑的随葬品里，有五十多个竹筒，在那么多竹筒里，有四十个装的是食物，在那么多食物中，居然有一堆碳化了的藕片。汉代人把藕切成了片，或许是水煮熟食，或许是凉拌生吃，不论哪一种，也真是够精细了。

当然，毕竟是皇家贵族的膳食，不可能像北方人生吃地瓜，刨出来洗一洗就吃进嘴里。这些碳化的藕片，便成了后人评价汉代美食的实证。

《齐民要术》所记“蒸藕法”云：“令净，斫去节，与蜜灌孔里，使满。溲苏面，封下头，蒸。熟，除面，泻去蜜，削去皮，以刀截。”

西汉马王堆只告诉今人藕可以切成片，《齐民要术》已经直接记录怎么烹饪。看来，那时已是广泛食藕的时代。

我也因此明白，藕在婆婆手里，为什么会变出那么多的花样。

苏州的藕非常有名。杜荀鹤《送人游吴》云：“君到姑苏见，人家尽枕河。古宫闲地少，水巷小桥多。夜市卖菱藕，春船载绮罗。遥知未眠月，乡思在渔歌。”

此诗太有画面感了，不但让我听见了叫卖声，还闻见了混杂着藕香的烟火气。

藕的吃法，在唐代已然有三个变化：

其一，不只是切成了片，也削成了丝。杜甫诗云："公子调冰水，佳人雪藕丝。"

其二，在生食和熟食之外，还把藕加工成了粉。韩鄂《四时纂要》载："作诸粉，藕不限多少，净洗，捣取浓汁，生布滤，澄取粉。"

其三，荷花已经用于制酒。冯贽《云仙杂记》云："房寿六月……捣莲花，制碧芳香酒。"

唐代还有个习俗，文人之间以藕相赠。杜牧《送王十至褒中因寄尚书》云："君家荷藕好，缄恨寄遥程。"陆龟蒙《京口与友生话别》云："玉封千挺藕，霜闭一筒柑。"

真想不到，两个那么浪漫飘逸的才子，竟也会细心操作柴米油盐式的人情往来。

还是喜欢宋朝。陈寅恪先生说："华夏民族之文化，历数千载之演进，而造极于赵宋之世。"文人化，情趣化，精致化，可称为宋代文化的整体风貌。这些无所不在的雅，当然也渗透到了芸芸众生的吃喝中。

尤其喜欢南宋，国都建在西湖边上，不只有美丽的荷花，还有相当会生活的市民。据说，荷叶饼就是南宋人发明的小吃，一直流传至今。《梦粱录》云："杭城大街，买卖昼夜不绝。"

随意看一张菜单，亦可窥见时人对吃有多讲究。在《武林旧事》所记的食谱里，分身最多的就是荷。

菜单名目：“绍兴二十一年十月，高宗幸清河郡王第，供进御筵，节次如后。”

与荷食有关的菜：“乐仙干果子义袋儿一行”，内有“香莲、莲子肉”；“再坐切时果一行”，内有“春藕、生藕铤儿”；“时新果子一行”，内有“藕铤儿”；“劝酒果子库十番”，内有“对装春藕”……

唐宋时代，有三本著名的食谱。唐人韦巨源有《食谱》，宋人林洪有《山家清供》，陈达叟有《本心斋疏食谱》。对比来看，唐人重肥甘，宋人讲清淡。唐人喜啖荔枝，宋人喜食莲子。清苦的莲子，常为宋人佐酒之物。

审美与实用兼而有之，在明清之时。

明人李时珍是草药专家，但是对荷的食用价值也钻研得很深。他在《本草纲目》中说：“夫莲生卑污，而洁白自若；质柔而实坚，居下而有节。孔窍玲珑，纱纶内隐，生于嫩弱，而发为茎叶花实；又复生芽，以续生生之脉。四时可食，令人心欢，可谓灵根矣！”

清人李渔是赏荷方家，亦是用荷高手。在《闲情偶记》里，专写了一篇《芙蕖》，曰：“……至其可人之口者，则莲实与藕，皆并列盘餐而互芬齿颊者也。只有霜中败叶，零落难堪，似成弃物矣，乃摘而藏之，又备经年裹物之用。是芙蕖也者，无一时一刻，不适耳目之观；无一物一丝，不备家常之用者也。有五谷之实，而不有其名；兼百花之长，而各去其短。种植之利，有大于此者乎？”

张潮的《幽梦影》与李渔的《芙蕖》有异曲同工之妙，也写到荷花的华与实：“凡花色之娇媚者，多不甚香；瓣之千层者，多不结实。甚矣全才之难也。兼之者，其惟莲乎。”

王士雄的《随息居饮食谱》，则说到食荷养生的话题，曰：“藕以肥白者为良，生食鲜嫩，煮食者宜壮老。用砂锅桑柴缓火煨极烂，入炼白蜜，收干食之，最补心脾。”

由此可见，越到近世，对荷花食用价值的认知，越是贴切明晰。有人说，百无一用是文人。殊不知，若无文人事无巨细的笔耕，岂有万卷诗书养你心神，还管你胃口？

其实，荷花亦可茶、可酒。

茶有三款，荷花茶、莲子茶、莲心茶。其中，莲子茶与莲心茶是用莲子或莲心制作的，里面并没有茶叶，只是饮泡方式与茶相近，姑且谓之茶。荷花茶则主料为茶叶，制作时掺入荷花，属于花茶。在茶里加香料或香花，北宋蔡襄在《茶录》里就写道：“茶有真香，而入贡者微以龙脑和膏，欲助其香。”

不查不知道，荷花茶竟早于茉莉花茶。有关茉莉花茶的文字记载，始见于南宋。而所有的花茶，至明代达到完熟，且花样繁多。据明人顾元庆《茶谱》记载，桂花、茉莉、玫瑰、蔷薇、兰

清 高凤翰《纸色荷花图》

蕙、菊花、栀子、木香、梅花等，都可用来制茶，尤以荷花制茶最特别，也最烦琐：“于日未出时，将半含莲花拨开，放细茶一撮，纳满蕊中，以麻皮略扎，令其经宿。次早摘花，倾出茶叶，用建纸包茶焙干。再如前法，又将茶叶入别蕊中。如此者数次，取其焙干收用，不胜香美。”

明代文人的习性里，依然有宋的影子，巧心制作荷花茶，已成生活雅事。只是工序复杂，非常小众，终未流行起来。

不过也有例外，清人也有嗜荷花茶者，且在自家细心冲泡。这个人，就是喜欢布衣疏食的沈复。其《浮生六记》载：“夏月荷花初开时，晚含而晓放。芸用小纱囊撮茶叶少许，置花心。明早取出，烹天泉水泡之，香韵犹绝。”

《浮生六记》记的是沈复与妻子陈芸的日常生活，以及生活里的恩爱。“浮生”二字，典出《庄子·刻意》：“其生若浮，其死若休。”李白诗《春夜宴诸从弟桃李园序》：“夫天地者，万物之逆旅也；光阴者，百代之过客也。而浮生若梦，为欢几何？”我想，在这对璧人眼里，一杯手作的荷花茶，便是浮生里的欢吧？

以鲜花酿酒，先秦即有。屈原《九歌》云：“蕙肴蒸兮兰藉，奠桂酒兮椒浆。”用荷花制酒，最早见于唐代冯贽的《云仙杂记》，名曰“碧芳酒”。此外，还有一种“碧筒酒”，只不过这是饮酒方法，而不是酿酒方法：“取大莲叶置砚格上，盛酒二升，以簪刺叶，令与茎柄通，吸之，名为碧筒饮。”

据载，此酒带着荷叶的清苦、清冷之味，而如此文雅的饮酒方式，在唐代只是偶一为之，宋代却是出现最多的，陆文圭曾一口气作了十一首诗，句云："碧碗犹作象鼻弯，白酒时带莲心苦。"陆游显然也喝过，句云："碧筒莫惜颓然醉，人事还随日出忙。"林洪在《山家清供》载："暑月，命客泛舟莲荡中，先以酒入莲叶，束之。"其风靡之状，可见一斑。

金元时期，莲花酒有了一个名头——莲花白。元好问《拾瓦砾》云："倪家莲花白，每酿必见贻。"李冶《鹧鸪天（太乙沧波下酒星）》云："情知天上莲花白，压尽人间竹叶青。"顾瑛编《玉山名胜集》，亦有"尝新笋、莲花白"之句。

莲花酿酒工艺，在明清有了重大突破。

高濂在《遵生八笺》写到了莲花制曲法：莲花三斤，白面一百五十两，绿豆三斗，粳米三斗，俱磨为末，川椒八两，如常法造踏。

北方最有名的莲花白，产自天津。吴承恩写过一首《杨柳青》："村旗夸酒莲花白，津鼓开帆杨柳青。壮岁惊心频客路，故乡回首几长亭。春深水涨嘉鱼味，海近风多健鹤翎。谁向高楼横玉笛，落梅愁绝醉中听。"

南方产的莲花白酒，数广西平乐有盛名。孟洋《寄李平乐觅莲酒二首》云："常闻平乐莲花白，绝胜云安曲米春。万里索居愁逐客，一樽遥慰赖乡人。"

民间忙着做酒，朝廷也不闲着，居然在大明皇宫内开设酒馆，而且卖的就是莲花白。姚之骃《元明事类钞》载："正德间，朝廷开设酒馆。酒望云：本店发卖四时荷花高酒，犹南人言莲花白酒也。"

"楚王好细腰，宫中多饿死"，说的是楚灵王。皇帝好美酒，多酿莲花白，说的是咸丰。因为皇帝好这一口，而且还是莲花白，清廷便以明廷为师，也在宫廷秘制莲花白。至于制酒情状，早已被近人徐珂编入《清稗类钞》："瀛台种荷万柄，青盘翠盖，一望无涯。孝钦后每令小阉采其蕊，加药料，制为佳酿，名莲花白。注于瓷器，上盖黄云缎袱，以赏亲信之臣。其味清醇，玉液琼浆，不能过也。"

翻看史料，有陶醉，亦有惊喜。荷花确是珍馐美味，可食，亦可饮。在古往今来的光阴里，一朵荷莲，竟繁衍出漫天的花来。

汉 草

近几年的夏，最是难熬。虽住在北方，住在海边，暑天也令人焦躁。懂中医的友人说，荷叶可以解暑。我说，这个季节，荷叶正绿，要去湖里现摘吗？友人哂笑：去药房买干荷叶，煮水饮之可也。于是去百度查，答案果然写得清楚：荷花的干燥叶，可在夏、秋两季采收，晒至七八成干时，除去叶柄，折成半圆形或折扇形，干燥后，即可当药。

家附近就有药房，我马上买回一瓶。荷叶装在透明的塑料瓶里，外面贴了一张纸，在“汉草饮片”下面，详细注明了名称和用法。品名：荷叶。规格：丝。等级：特选。功能与主治：清暑化湿，升发清阳，凉血止血。用于暑热烦渴，暑湿泄泻，脾虚泄泻，血热吐衄，便血崩漏。对照此刻身感，除了不用止血，其他都对症。

荷叶呈橄榄绿，用刀切成一厘米宽的丝条，叶片虽然是干的，却整整齐齐，并不显得细碎。立刻打开瓶子，夹几丝用开水冲泡，水色竟与茶色几乎不分，饮满一口，在一种浑厚的甜里，裹含一种绵软的香，味道里分明带着荷花的清甜。

本来是荷叶，却冠名汉草，乍看令我意外，再看备感确切。荷花别名，叫中国莲，那么叫汉草自然也是对的。何况，荷花可食，已有五千年以上历史，荷花入药，已有两千年以上历史。神农尝遍百草之后，总结出一套治病良方，收入《本草经》，后来叫《神农本草经》。

《神农本草经》成于东汉，即公元1世纪至公元2世纪之间，不仅是中国，也是世界第一部药物学专著。关于莲藕，《神农本草经》曰：“藕实茎，味甘平。主补中养神，益气力，除百疾。久服轻身耐老，不饥延年。一名水芝丹。生池泽。”正是这一味药方，对莲藕的药用功能作了最早的记载。

到了东汉，再次传出惊喜。名医华佗在手术之前，总是先给病人饮麻沸散，使其失去知觉，再刳割腹背，缝合伤口，最后涂敷以藕皮等制成的膏药，过四五天，刀口便可愈合。于是，华佗被称为

清 高凤翰《富贵清高图》局部

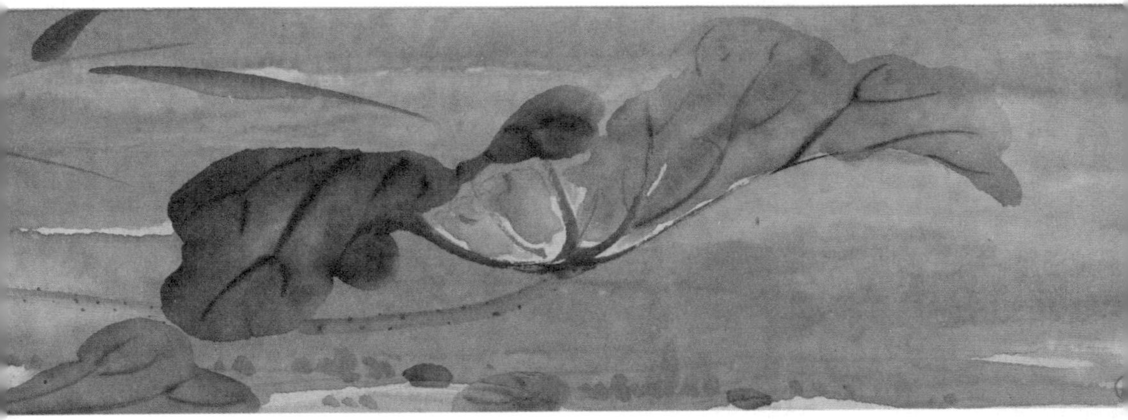

“神医”“外科圣手”。而把莲藕作外科药用，并用于临床手术，华佗是第一人。

之后的南朝，则是在江淹的《莲花赋》里，写到莲花的药用价值：“非独瑞草，爰兼上药。”

唐代萧颖士的《莲蕊散赋》，通篇皆写莲蕊散的制作及其神奇功效。此外，药物学典籍，也有好几处提及莲藕的妙用。甄权的《药性论》载：“藕节捣汁，主吐血不止，口鼻并皆治之。”孟诜的《食疗本草》，提及妇女产后有忌口的要求，对藕却“网开一面”：“凡产后诸忌生冷物不食。唯藕不同生类也，为能散血之故，但美即而已，可以代粮。”

明朝谢肇淛《五杂俎》载：“今赵州宁晋县有石莲子，皆埋土中，不知年代。居民掘土，往往得之数斛者，其状如铁石，而肉芳香不枯，投水中即生莲。食之令人轻身延年，已泻痢诸症。今医家不察，乃以番莲子代之，苦涩腥气，嚼之令人呕逆，岂能补益乎？”

是的，莲房堕入淤泥，经久坚黑如石，故以得名石莲子。石莲子入水必沉，落田野中者百年不坏，人得食之发黑不老。而一般的莲子，可以割取莲房晒干，除去果壳的种子称为肉莲，去芯后为通心莲。莲子衣色赤味涩苦，不去红色皮为原生莲，去红色皮后为白莲。红莲子口感较硬，重在补血兼可补肾；白莲子口感香糯，重在健脾。古人医书说得明明白白。

清乾隆帝的御医，名叫黄元御，其《玉楸药解》载："莲子甘平，甚益脾胃，而固涩之性，最宜滑泄之家，遗精便溏，极有良效。心名莲薏，苦寒泻火，治心烦上热之证。阳虚火败，去心用。藕能活血破瘀，敷金疮折伤，生食清肺止渴，蒸食开胃止泄。莲蕊固精止血，悦色乌须。莲房止崩漏诸证。荷蒂能领诸药，直至颠顶。"

如此证见，荷花不是徒有其表的花，也不是哗众取宠的花，与别的花相比，多了经世致用的慈悲品格。如李渔所言："是芙蕖也者，无一时一刻，不适耳目之观；无一物一丝，不备家常之用者也。"所谓"耳目之观"，指荷花的可看之美；所谓"家常之用"，指荷花的可食可药。

应该单独说说李时珍。

在我看来，本草，即汉草。李时珍籍属湖北，那里是千湖之府，也是荷花之都。在《本草纲目》里，他对荷花习性的了解，已经超过了对一种草或药的认知，他的表述，我始终是当美文来读的。

关于荷花的名称，李时珍是这样写的：

> 蔤乃嫩蒻，如竹之行鞭者。节生二茎，一为叶，一为花，尽处乃生藕，为花、叶、根、实之本。显仁藏用，功成不居，可谓退藏于密矣，故谓之蔤。花叶常偶

生，不偶不生，故根曰藕。或云藕善耕泥，故字从耦，耦者耕也。……菡萏，函合未发之意。芙蓉，敷布容艳之意。莲者连也；花实相连而出也。菂者的也，子在房中点点如的也。

读这样的文字，根本想不到写作者是个翻山越岭采集草药的老先生，他更像一位植物学家或古文字学家。

关于荷花的样子，李时珍的描述更是精彩：

六七月开花，花有红、白、粉红三色。花心有黄须，蕊长寸余，须内即莲也。花褪莲房成菂，菂在房如蜂子在窠之状。六七月采嫩者，生食脆美。至秋房枯子黑，其坚如石，谓之石莲子。……冬月至春掘藕食之，藕白有孔有丝，大者如肱臂，长六七尺，凡五六节。……其花白者香，红者艳，千叶者不结实。别有合欢（并头者），有夜舒花（夜布昼卷）、睡莲（花夜入水）、金莲（花黄），碧莲（花碧）、绣莲（花如绣），皆是异种，故不述。

说完了名称，再说性状，丝丝入扣，娓娓而谈，简直是以一种参禅般的宁静和凝视，记下荷花所有的形态，以及他的独特感知。

荷花的各个组成部分，在《尔雅》里就给过命名。李时珍的贡献，是让荷花的每个组成部分都有了应用价值：

清 李鱓《墨笔荷花图》

莲产于淤泥，而不为泥染；居于水中，而不为水没。根、茎、花、实，凡品难同；清静济用，群美兼得。自蒻蔤而节节生茎，生叶，生花，生藕；由菡萏而生蕊，生莲，生药，生薏。其莲药则始而黄，黄而青，青而绿，绿而黑，中含白肉，内隐青心。石莲坚刚，可历永久，薏藏生意，藕复萌芽，展转生生，造化不息。故释氏用为引譬，妙理具存；医家取为服食，百病可却。

这就是李时珍。在他眼中，荷花全身是宝，莲子、莲衣、莲房、莲须、莲子心、荷叶、荷梗、藕节，也包括荷花的花瓣，个个都可入药。药用最多的，居然是被今人称之为汉草的荷叶。在《本草纲目》里，光是荷叶一味，就可治许多种病。

当下的中国，病症何其多，名医何其少。能做到李时珍这样对症下药的名医，更是少之又少。若此，李时珍怎么会不令人仰望？

庚子年夏天，我所在的城市从疫情里解脱没几日，又因为在进口厄瓜多尔海鲜包装上检测出新型冠状病毒，整个城市再一次按下暂停键，全体回到居家状态。

正是三伏天气，暑热难熬，心焦气躁，好在手边有一罐尚未用完的“汉草”，再次打开，谨遵医嘱，每天以水煮之，当茶喝之。

我知道，此时此刻，在不远处的池塘里，荷花开得正艳，荷叶绿得正浓。

下篇

叹·荷之德

在《诗经》里，荷花是女子。

在《楚辞》里，荷花是文人。

在《爱莲说》里，荷花是君子。

在《华严经》里，荷花是释迦牟尼。

荷花虽是水生，却非丛生，而是“守一茎一花”之节，叶大而茎细。看似汉殿三千女，却超然物外，孤芳自赏，落落不群。

故《幽梦影》云：“菊以渊明为知己，梅以和靖为知己，竹以子猷为知己，莲以濂溪为知己……”

在诗中，在画里，在世间，荷是君子之花，亦是比德之花。

所谓“亨者，嘉之会也”，亦荷花也。

诗　璧

这个世上如果没有文人，那些历史沧桑，那些英雄过往，那些世俗风尘，会留下许多难以弥补的空白。

这个世上因为有了文人，那些风花雪月，那些亭台楼阁，那些朱门酒肉，那些边塞刁斗，才得以在诗词歌赋中被吟咏，然后留在千古名篇中。比如范仲淹笔下的岳阳楼，比如王勃笔下的滕王阁，比如王羲之笔下的兰亭。

风花雪月，一字一物。在颠倒黑白的年代里，它们曾悉被斥为糟粕，在悠长而幽深的文学史上，却是灵动不衰的母题。没有它们，就没有唐诗宋词，也不会有《红楼梦》。

在风花雪月里，花因为是植物，因为万紫千红，更受到文人的私宠。而那些写花的文字只要流出笔端，就会倏忽风靡于朝野，于是就有了唐人爱牡丹之风尚，宋人爱梅花之固俗。

然而，与牡丹和梅花相比，荷花也不遑多让。在历史的长河中，她比牡丹和梅花更早进入文学史，更以独特的风韵，独特的内涵，倍受文人喜爱。历朝历代，写荷的诗文，咏莲的词赋，连篇累帙，无以计数。

美国汉学家华生曾以《唐诗三百首》为样本，统计了唐诗中的自然意象，其中花卉意象出现的频次如下：花，87次；芙蓉，9次；莲，4次；兰，3次；菊，3次。

北京大学中文系曾做了个“全唐诗检索系统”：

在“唐前诗集及乐府诗集”中，包含“荷”的单句有279个，“芙蓉”476个，“梅”217个，“牡丹”3个。

在“全唐诗”及“全唐诗补编”中，包含“荷”的单句有908个，“莲”1212个，“芙蓉”476个，“梅”1079个，“牡丹”133个。

清　黄慎《河雁图》

南京师范大学曾做了个“全宋词检索系统”：

在“全宋词”中，包含“梅”的单句有2946个，“荷”665个，“莲”622个，“芙蓉”361个，“牡丹”146个。

荷、莲、芙蓉，都是荷花。数字或许不代表什么，却能说明什么。荷花是侏罗纪之花，至少，荷花故国的文人们，用文字对这一种古老而沧桑的花表达了应有的礼敬。

荷花以文学的方式面世，自《诗经》开始，而且从“国风”开始。郑国人唱道：“山有扶苏，隰有荷华。”陈国人唱道：“彼泽之陂，有蒲与荷。”

谣为诗之祖，诗在谣之后。“国风”说是诗，其实是谣。因为一直在传唱，不断被修改，所以没有作者署名，也就当成一国的集体创作。

那真是一个天低野阔的时代，任何声音都可以抵达天际。“美人一何丽，颜若芙蓉花。”被吟唱的莲花，是花朵，也是女子的代名词。此风，彼风，都是情爱之声。

当莲花被一路咏唱到汨罗江边时，便在这里遇上了屈原。楚地多泽，亦多香草。在“纪楚地、名楚物”的《楚辞》里，屈原一次一次地吟唱荷花。

他在《离骚》里吟道：“制芰荷以为衣兮，集芙蓉以为裳。”

他在《湘君》里吟道：“采薜荔兮水中，搴芙蓉兮木末。”

他在《湘夫人》里吟道：“筑室兮水中，葺之兮荷盖。”

他在《河伯》里吟道："乘水车兮荷盖。"

他在《招魂》里吟道："芙蓉始发，杂芰荷些。"

正是这多次现身并惊艳了世界的"香草"，让我们看见了仗剑披发的屈原，衣荷衣，住荷屋，罩荷盖，行走在"吾将上下而求索"的崎岖道路上，也让我们懂得了什么叫高大伟岸，什么叫英气逼人。

在《楚辞》之后，便是汉赋、唐诗和宋词。无数高手组成了一个又一个诗群，极写荷花之德：或赞其形美，或叹其情幽，或言其志洁。硬是把一朵荷花，写成了一个穿越千年而不枯朽的文学图腾。

赞其形美者，写花容，状花貌，好诗历历，数不胜数，堪称经典：

有曹植的《洛神赋》："远而望之，皎若太阳升朝霞；迫而察之，灼若芙蕖出渌波。"

有王昌龄的《采莲曲》："荷叶罗裙一色裁，芙蓉向脸两边开。"

有李商隐的《赠荷花》："惟有绿荷红菡萏，卷舒开合任天真。"

有周邦彦的《苏幕遮》："叶上初阳干宿雨，水面清圆，一一风荷举。"

有杨万里的《红白莲》："恰似汉殿三千女，半是浓妆半淡妆。"

叹其情幽者，争摇心旌，笔下的荷花，犹如香味"荷尔蒙"：

开创者是《诗经》。“山有扶苏，隰有荷华”，即典型的以树代男、以花代女的隐语。

“春心莫共花争发，一寸相思一寸灰。”这样的情歌，唐诗宋词的主创们，何止唱过百遍？

放荡不羁的李白，曾写过《折荷有赠》：“攀荷弄其珠，荡漾不成圆。佳人彩云里，欲赠隔远天。相思无因见，怅望凉风前。”

李商隐是情歌高手，他的内心总是潮湿的、阴郁的，写过《宿骆氏亭寄怀崔雍崔衮》：“竹坞无尘水槛清，相思迢递隔重城。秋阴不散霜飞晚，留得枯荷听雨声。”

青楼出身的薛涛，性子也够坦率，在《池上双鸟》里，把情爱写得无遮无拦：“双栖绿池上，朝暮共飞还。更忆将雏日，同心莲叶间。”

也有悲情。李后主的父亲叫李璟，他当皇帝时，王朝就已露出衰象，所以写过《摊破浣溪沙》：“菡萏香销翠叶残，西风愁起绿波间。”

言其志洁者，泥色贵质，重在品格，荷花之清丽，之雍容，已由“美人”升为“高士”和“君子”：

写其花，喻其魂，自《楚辞》始，再由六朝到唐宋。从羞羞答答，到通通透透，总算完成了对荷花的终极礼赞。而佛教入中土，更是一种启蒙。读文人诗词，在字里行间，随处可感受文人受过的洗礼。

南朝梁武帝，写过《净业赋》：“淤泥不能污其体，重昏不能覆其真。”还写过《夏歌》：“江南莲花开，红花覆碧水。色同心复同，藕异心无异。”

唐朝孟浩然，写过《题大禹寺义公禅房》：“看取莲花净，应知不染心。”

之后的白居易，写过《题山石榴花》：“蔷薇带刺攀应懒，菡萏生泥玩亦难。”

再之后的杨郇伯，写过《送妓人出家》：“暂惊风烛难留世，便是莲花不染身。”

宋朝的苏东坡，写过《荷花媚》：“霞苞霓荷碧，天然地、别是风流标格。重重青盖下。千娇照水，好红红白白。”

东坡之弟苏辙，写过《菡萏轩》：“开花浊水中，抱性一何洁。朱槛月明时，清香为谁发。”

理学大师周敦颐，写过《爱莲说》：“予独爱莲之出淤泥而不染，濯清涟而不妖，中通外直，不蔓不枝，香远益清，亭亭净植，可远观而不可亵玩焉。……莲，花之君子者也。”

可以想见，如果没有文学的加持，荷花的美至少减半。而对荷花的吟诵，至宋代达到了巅峰。

向后世看去，能望周敦颐《爱莲说》项背者，当数清代李渔的《芙蕖》。周敦颐是理学鼻祖，偏重荷花的精神性；李渔则更接地气，笔下荷花，有如以手擎之，可目，可鼻，可口，有形而上，亦有形而下，一朵荷花，三个维度，完美无缺。

清　陈枚《四季花鸟图》

读古人的诗词，还有另一种感动。

在那个时代，写诗作词不是为了功名，因为写作者大都功名在身。此外，几乎所有的古代名家，都认真写过荷花，因为他们大都宦游于江南，荷花就开在举目可见的地方，已经成为生活的一部分。那时的荷花，与笙歌并行，与酒醉并行，与自由并行。现在也有荷花，也有西湖，却没有了唐诗宋词里的风雅。

诗词里的荷花，在字里行间盛开。我最喜欢的，还是李清照。

有人赞她："词苑千载，群芳竞秀，盛开一枝女儿花。"的确，她本身就是旷世奇葩，而她写的咏物词，几乎每一首都有花影：梅花、菊花、荷花、桂花、海棠、梨花，以及笼统的花。读她的词，如入花的园圃，可以闻见花的味道。她的才气，铸就了她的孤独；她的孤独，又成就了她冰冷凝绝的美丽。

读过《李清照全集》，有三首词写到荷花，或者说，专门写了荷花：《如梦令》《怨王孙》《一剪梅》。此外，有一首《南歌子》也写了荷花，只是那里的荷花不是植物，而是服饰图案。还有一首《新荷叶》，用的是词牌名，里面没写荷花。

《如梦令》是一首小令，李清照写于少女时代，而且是处女作："常记溪亭日暮，沉醉不知归路。兴尽晚回舟，误入藕花深处。争渡，争渡，惊起一滩鸥鹭。"

一看即知，她在回忆一次快乐无比的郊游，游得太投入了，以至于如醉如痴，那只归舟似乎也被感染，一个误打误撞，让她与藕花有了一场不期而遇的邂逅。这是青春期女孩的造次，鲁莽得可爱。于是，藕花深处，自此就成了一个经典场景。

那次去济南，为走近李清照，特意去了大明湖。在荷花盛开的湖边，果然看到一座“藕神祠”，面阔三间，前出厦，花隔扇，建筑年代已不可考。清代刘鹗在《老残游记》里曾有一段简述，三间旧房，一个破匾，上题“古水仙祠”，祠内供的是藕神，联曰：“一盏寒泉荐秋菊，三更画船穿藕花。”同治年间，济南几位文人商定，把不知所指的藕神让李清照代之。于是，祠内改为供奉李清照，旧联仍在，再书新联：“是也非耶水中仙子荷花影，归去来兮宋代词宗才女魂。”

在大明湖的藕花深处，我心目中的李清照，永远是那个沉醉不知归路的少女。

《怨王孙》，李清照也写于少女时代。《如梦令》写的是夏日晚归，《怨王孙》写的是秋日晨游；《如梦令》写的是荷花开放之时，《怨王孙》写的则是“莲子已成”之日。两首都是出游之作，而且时间相隔不久。词曰：“湖上风来波浩渺，秋已暮、红稀香少。水光山色与人亲，说不尽、无穷好。　莲子已成荷叶老，青露洗、苹花汀草。眠沙鸥鹭不回头，似也恨、人归早。”

李清照的父亲李格非是北宋文学家，而且是苏东坡的门生，书香门第和天生早慧，让李清照占全了。然而，一个不知愁滋味的少女，却写了一首红稀香少、莲熟叶老的秋荷，而且写得笔致清妍，含情吐媚，实在让我称奇。

当然，最打动我的，还是《一剪梅》："红藕香残玉簟秋。轻解罗裳，独上兰舟。云中谁寄锦书来，雁字回时，月满西楼。　　花自飘零水自流。一种相思，两处闲愁。此情无计可消除，才下眉头，却上心头。"李清照终于长大，终于为人妇。因与夫君南北相望，而写下了两地相思。

一样的秋天，不一样的愁。《怨王孙》的秋天，她还是少女范儿小清新；《一剪梅》的秋天，她已是少妇吐闺怨。一句"红藕香残"，写出生命无法预知的玄机。她以为，人生最坏就是这样了吧。岂知眼前的秋荷或残荷，只是一个开始，以后的她，将要面对更多。

喜欢李清照，不只是她的词，她的诗，还有她的人生悲喜。婉约，显得轻了。载不动，许多愁，才是真正的李清照。

唯愿大明湖好好呵护那片藕花，再去藕神祠，还能让我听到少女痴醉的笑声。

其实，天地间的花，都被古人写遍了，那些花所有的美，也都被古人写尽了。今天的人，只能做个似懂非懂的读者，或者在诗词大会上做个抢答者。

画 廊

前几年，曾与两个文友一起报名学画，第一课就是荷花。老师只教花卉，一周一课，一课一花，次序是荷、梅、兰、牡丹、菊、竹、紫藤。其实这是个速成班，没等我们画出感觉，课已经结束了。之后，另投一位老师，第一课也是荷花，然而刚上了两课，老师抱病卧床。学了两次画，不过涂抹了几张小学生习作，只能留给自己偷看。

两次学画的印象，却是难忘：其一，荷花总是排在第一课；其二，荷花看似好画，画好却难。开课之后，先看老师画荷，只见他提笔在纸上乱抹了几下，就是一片浓墨重彩的荷叶，再轻描淡写几笔，就是几片红色的花瓣，几支高挺的长茎，外加一朵未开的花苞，一个饱满的莲蓬。落笔即成，即美。听了两次课，也画了两三张，却怎么端量，都不成样子，自此放下。

喜欢画，想学画，其实是受了怂恿。

1993年夏天，我所在的副刊部邀名家当顾问，汪曾祺和袁鹰便以顾问的身份来大连做客。那天午饭的时候，汪老特意叫人铺上纸，说要给我作一张画，并问我喜欢什么花。我说喜欢水仙，汪老就画了一幅盛开的水仙，并在右侧题款："玉作精神水作魂，画似

清 唐艾《荷花图》

素素，一九九三年，酒余。”看汪老在微醺状态下挥毫作画，且不吝言辞，我真是有点受宠若惊。也是那时才知，汪老不但是文学大家，还书画皆工。

前几年，偶然在汪老书集里看到一张小画：一朵未开的小荷，上面飞着一只展翅的蜻蜓。只有墨与纸的黑和白，线条简而又简。落款：“一九八四年三月十日午，煮面条等水开作此。”下方，盖了一只红印。

看到这幅小荷，再看汪老赠我的水仙，便产生了错觉，以为国画好学，画荷更简单。

前年秋天在北京，正遇中国美术馆有吴冠中画展。喜欢他的夏荷《红莲》，更喜欢他的残荷《红蜻蜓》和《残荷新柳》。荷花是他故乡的风物，就像那一片片粉墙黛瓦，再熟悉不过。然而，画残荷的时候，他用的却是减法，意在强调一种线条之美，尤其是《残荷新柳》，几乎全是用线条勾成的，着眼于线之曲折，倒影之荡漾，垂莲之点缀。如吴冠中自言：“荷塘中大块小块叶片之交错，曲线直线穿插之繁杂，连倒影也已被包围进叶丛中，难分水上水下，似乎我只是叶底的昆虫，迷途于花叶的迷宫。”

喜欢吴冠中的荷花，还因为家里就有一幅。虽然是用珂罗版印制的，全球限量五百套，我的这一幅位列其中，但是挂在墙上，我亦觉满室生辉，独自欣喜，常常站在画前，在心里临摹。

另外，在日常的圈子里，我有许多画家朋友，经常就会受邀出席画展，经常就能收到画册，经常就去参加艺术沙龙。在这些朋友中，有几位是资深女画家，且个个都是画花高手，去看她们的画展，或去她们家里做客，直如在花海里接受香熏。

女性对花卉似有一种天然的亲昵和熟稔，她们画的是花，其实也是在画她们自己。再说，女人也更能影响女人。那些水墨里的荷，出世，脱俗，高洁，清雅，所有的表达，皆向着安和净。更以为，自己也是可以学的。

荷花是中国画的传统题材。因为喜欢，曾花很多时间去翻书。原以为，做足了功课，就能学成。结果却是，草草上场，亦草草收场。

由近现代向古代回望，始知早在西周与春秋之季，荷花就作为装饰被雕刻在青铜器上了。因为叶大花硕，可食，可药，亦可爱，特别符合古人的审美。

汉唐以前，荷花是宗教画、风俗画中的点缀。唐中叶以后，荷花开始与禽鸟结对儿，成为工笔花鸟的重要组景。但是，荷花成为一个独立的画类，启于北宋的赵昌笔下。以画荷花而著名的画家，赵昌是第一个。在他之前，画荷者多取荷花的富贵之相，赵氏之殊，在表现荷花的清远之美。只不过，两宋时代，着色工笔荷花和写意水墨荷花是并存的，而画院派是主流。

文人画闪亮登场，是在明中叶。陈淳的小写意，徐渭的大写意，开创了花卉画的文人写意时代。陈淳的画作，只存三幅《瓶莲图》，可以看出沈周的影子。所画之瓶，应为殷商铜尊，内插含苞待放的白莲，且花叶相间，杂以水草，清芬可人，画意在似与不似之间。与陈淳相比，徐渭的花鸟画水墨淋漓，笔势更加放纵，故有人说，徐渭的大写意花卉，影响了清初的八大山人和石涛，也影响了清中叶的“扬州八怪”，更影响了近代的吴昌硕、齐白石、张大千。

沿此说项，再去细看近世诸人画作，意绪果然清晰。

八大山人和石涛，虽然都是明皇室后裔，都在清初削发为僧，且都画荷花，画风却截然不同。八大山人的荷花，风格是剑拔弩张的、森怪枯瘁的，尤其是《荷花水鸟图》，孤石倒立，疏荷斜挂，一只翻着白眼的缩脖水鸟独立于怪石之上，把他的怪诞、冷漠、高傲全盘托出。石涛的荷花却是另一种。《墨荷图》是石涛的代表作，绘荷塘一隅，荷花盛开，荷叶纷披，笔酣墨饱，雍荣华贵，一派主旋律的亮色。也难怪，石涛与清朝上层多有来往，康熙南巡，他曾两次在扬州接驾，实乃一介顺民。

八大山人和石涛之后，便是“扬州八怪”。“八怪”之中，只有李葂和李鱓画荷，且师承八大山人和石涛。要说不同，就是李氏二怪更擅长画瘦荷、枯荷、残荷。银钩铁画，张弛有度，既有八大山人的桀骜，也有石涛的圆润。

在文人画的传统里，写意荷花有“一祖二宗”之说：一祖即徐渭，二宗即八大山人和石涛。二宗风格的最佳继承者，非吴昌硕和张大千莫属。而我的两次荷花课，学的也都是水墨写意。因为教画的两个老师，都是吴昌硕的铁粉。他们异口同声地说，初学者最好不要画工笔荷花，不小心就容易画俗了。

听老师讲了太多的吴昌硕之后，便有一个发现，不论是画画的、教画的，还是看画的，似乎都喜欢吴昌硕，认为他把书法、篆刻趣味融入绘画，形成了具有金石味的独特画风。前不久，去浦东参加笔会，有一项采风内容就是参观吴氏浦东旧居。同行的作家吴克敬，也对吴昌硕心仪已久，当场即声明，此次笔会文章，就写这位上海画派领袖。

喜欢吴氏的荷，还因为喜欢题款。比如，《荷》小序云："……出污泥而不染，有君子风。何时买陂塘，遍种此花，临水结茅，为长夏闲吟之所。"比如，《荷花》款云："洁莲根似玉，清到叶俱香。"画好、书好，句子也好，一幅墨荷，似有千钧之重。

张大千的荷花，亦独树一帜。在《张大千画集》里，收录花鸟画27幅，荷花就占了7幅。而且，只要说到张大千的荷花，我的眼前便会浮出那幅《朱荷通景屏》，巨幅，娇艳，据说还创造了商业奇迹。

但是，不知为什么，与张大千相比，我更喜欢吴昌硕。甚至，我还喜欢潘天寿的指墨荷花。以掌抹作荷叶，以指尖勾线，那种泼墨指染之生动，简直非笔力所能达。

清 吴应贞《荷花图》

写过《爱莲说》的周敦颐不是画家，但是写过一首《画莲》："朱颜碧墨放池畔，舞袖挥毫对玉莲。尽态极妍宛若生，一脉幽香把君难。"

然而，画莲者多，画好者寡。打开画史，一路历数，一路感叹。荷花原本是大自然的一个物象，却成了画纸上的一个意象，乃至于成了画家或文人心灵的载体。而且，看多了还发现，别看无数的人在画荷花，匠人画的是俗品，大师画的是真品，画到"笔墨等于零"，才是神品。

或许，我以后还会去跟老师学画，或许，我只能远在门外窥看。

写这篇文字的时候，突然看见朋友圈在悼念国画大师陈佩秋。上海龙华寺主持照诚为先生点了几盏红烛，唁言写道："佛国又多丹青手，莲池再添高花香。"

我的一位友人，是陈佩秋的关门弟子，我因而对陈佩秋充满敬意，并特意看过她画的荷花。如今她走了，荷花还开着。

莲　影

有一年秋天去欧洲，只为看水城。威尼斯、布鲁日、巴黎，我一口气走了三个地方。在巴黎，主要看塞纳河两岸，之前来过一次，但是行色匆匆，这次不同，左岸右岸，反复打量，心醉神迷。

入住的酒店，在埃菲尔铁塔附近，出门即要仰望。那天下午，从河边回酒店的路上，故意拐到协和广场。西南角是杜伊勒里花园，那里有座“橘园美术馆”。

橘园一直名声在外，因为里面有莫奈“睡莲”系列的巨幅原作。美术馆门外，照例是排了长长的队，人一直站到馆旁的小树林甚至广场上。耐心排队的时候，居然还邂逅了几尊罗丹的雕塑，且都是原作，一时竟有点恍惚。协和广场本来就人流拥挤，罗丹和莫奈的共存，造就了一种艺术的拥挤。

美术馆前身，是法国历史上第一座军事堡垒。路易十四时代的1668年，巴黎有位著名的皇家园林建筑大师勒诺特，他负责把堡垒和杜伊勒里花园融为一体，并把堡垒改造成栽培橘子和柠檬的温室，这里之后还当仓库用过。美术馆以“橘园”命名，显然跟这个温室有关。

莫奈走进橘园，有两个契机。

首先，是第一次世界大战结束。1918年11月11日，也就是“一战”宣布停战后，莫奈决定把象征和平的作品《睡莲》捐赠给法国政府，希望为战后的巴黎带来一角宁静。莫奈此举，让我想到了毕加索，“二战”结束后，毕加索先后在三次世界保卫和平大会上献出自己的画作，不知是不是受了莫奈的启发。

其次，是橘园于1921年并入美术学院，当时的法国总理克列孟梭建议将温室改造扩建，专门用来展出莫奈赠给政府的《睡莲》组画。就是说，因为《睡莲》组画，橘园美术馆才成为高雅的艺术殿堂。

美术馆有两层。一层的两个展厅，都给了莫奈，二层给了塞尚、雷诺瓦、毕加索、马蒂斯、高更等大家。橘园由最初的莫奈专属馆，变成现代派画家们的根据地，成为巴黎最著名的三座美术馆之一。橘园虽然空间最小，却与卢浮宫和奥塞博物馆齐名。

莫奈的展厅，被设计成了椭圆形，八幅巨型《睡莲》有近百米长，在弧形墙上悠然铺开，所有的参观者好像被一池湖水围在中央。睡莲如一朵朵或明或暗的火焰，在水面上暗燃或明烧，剪影般的柳树枝条静静摇曳，云彩或霞光映在湖中。光影与色彩绰约交织，呈现的却是无尽的整体，就像莫奈自己说的那样："一片波光粼粼的水面，没有地平线，也没有堤岸，犹如没有尽头的幻影。"

半个下午，都在橘园看《睡莲》。看累了，站累了，就坐在长椅上，远远凝视。画墙如一帘幽深的梦境，而我的目光如一尾鱼，游入莫奈的秘密花园，怎么也游不到尽头。

这是我第一次看《睡莲》原作，而且是巨幅原作，心里好生奇怪，如此迷离的色彩，如此温婉的气息，应该出自女性，而且是性格阴柔的女性，可它的创作者却是莫奈。法国是时尚之都、鲜花之城，左岸那个著名的咖啡馆，名字就叫"花神"。但在我的印象里，玫瑰和薰衣草才是法国人的最爱，莫奈的最爱却是睡莲。

我知道，欧洲也是睡莲的原产地之一。我也知道，荷花和睡莲有植物学联系，而且一直有原产地之争。其实，各种植物，都有原产地之争，殊不知任何植物的出现，都是有地质年代的，它何时出现，尤其是它在哪里出现，与地壳变迁或沧海桑田有关，那是天翻地覆的巨大响动，绝不会囿于一个很小的半径或方圆，因为植物的种子不可能只掉落在一个角落。所以，无论如何，莫奈有理由喜欢睡莲，也有理由画睡莲。

有人说，莫奈的喜欢和他最初的爱有关，也和爱的幻灭有关。莫奈一生最爱的女人叫卡米耶，她是他的第一个模特儿、第一个红颜知己，以及第一个夫人。因为这种爱不被家人接受，莫奈选择了出走，情节有点像中国的世家子弟逃婚。于是有人说，莫奈画睡莲，是在纪念早逝的爱妻卡米耶。

但是我想，莫奈画睡莲，原因不可能这么简单。艺术家对某个对象的执迷，一定有更多的理由。对莫奈而言，睡莲本身就是理由。所以，在塞纳河边的吉维尼小镇，当莫奈为睡莲开掘出一方池塘，它就成了美术史上最著名的池塘；当莫奈在池塘里种上了睡莲，它就成了美术史上最著名的睡莲。于是，睡莲之于莫奈，就像向日葵之于凡·高。向日葵不是女人，睡莲也不是女人。莫奈的睡莲，就是莫奈的睡莲。

我能想象出，当莫奈找到了睡莲，内心有多惊喜。他在画布上想画什么，就在池塘里种上什么，这是何等任性。

清 谢荪《荷花图》

还有，当他觉得，只有池塘，不足以衬托睡莲之美时，他就在水上修几座日式拱桥，并且漆成绿色，然后在塘边栽植繁茂的花木，还要让柳枝和紫藤垂悬于水面。

一切的一切，都是为突显睡莲，而且让它犹抱琵琶半遮面。

莫奈是印象派鼻祖级大师。所谓印象，就是对光影的唯美诠释。《日出·印象》是海与港口的光和影，《睡莲》是池塘与睡莲的光和影。

据说，花园修好后，莫奈经常凌晨3点起床，一连几小时静坐池畔，只为看不同的时刻、不同的光影，看花与水在光影里不同的变幻。

据说，莫奈花了二十七年画睡莲，光是最后一幅《四季睡莲》，就用了三年时间，一直画到生命最后一刻。只有睡莲，可以令他这样痴守；也正是睡莲，让他奢享了一份无法与人分享的幸福。

从这个意义上说，睡莲和卡米耶，都是莫奈的模特儿，也都为莫奈所爱。但是，卡米耶不等于睡莲，睡莲也不等于卡米耶，只是在画睡莲的时候，莫奈仍然会用当年画卡米耶的眼神。

真羡慕莫奈，年轻的时候，身边有卡米耶，年老的时候，身边有睡莲，卡米耶给了他无尽的激情，睡莲给了他无边的宁静。一个女人、一朵花，正好把他的一生填满了。

莫奈最后的睡莲，都种在这里了。橘园美术馆，也因此被誉为“印象派的西斯廷教堂”。来过橘园就知道，它无愧其名，实至名归。

从巴黎回来，与一位画家朋友说起橘园美术馆。他说，他不但去过橘园，还去过吉维尼，它坐落在巴黎正西方向七十千米的上诺曼底省，在塞纳河谷的一个小山坡上。周围是葱郁的树林和碧绿的草场，村前是一片略有倾斜的开阔地，一直延伸到塞纳河边。莫奈故居，特别有辨识度，墙壁和门窗，永远是鲜亮的绿和粉，院落和四周，永远是红花簇簇、绿叶浓浓。但是，走在那里的人们不敢大声说话，因为不远处的池塘里有睡莲，因为池塘边的花丛中有莫奈的墓地，怕扰了莫奈的深眠，也怕扰了睡莲的清梦。

我的巴黎之行虽然错过了吉维尼小镇，错过了莫奈的池塘，但是没有错过橘园里静静“开放”的《睡莲》，就已足够。

莲 纹

曾有一年时间，我在北大中文系访学。第一个学期，听陈晓明先生讲德里达、索绪尔、福柯。讲索绪尔的时候，我听了一大堆新名词，诸如能指、意指和所指，等等，听得似懂非懂，最后只记住了一点，现代西方有一门很热的学科，叫“符号学”，创始者是瑞士人索绪尔。

欧洲是个符号感很强的地方，记得第一次去是2002年，在西欧走了八个国家。一个挥之不去的印象，就是那一个个极具符号感的徽章，要么是国徽，要么是族徽。威尼斯的圣马可广场上，还有一枚市徽——一头塑在圆柱上的飞狮。我发现，欧洲人特别喜欢狮子，许多徽章上，都有一头或两头狮子。此外就是鹰，俄罗斯的国徽是彼得大帝设计的，那是双头鹰，一只鹰头望着欧洲，一只鹰头望着亚洲，视野真够大了。于是想起俄国人当年翻过乌拉尔山之后，的确是一路向远东的西伯利亚走来，更觉得这个国徽有一种非常霸气的扩张感。

说到符号，中国可能是最多的，因为中国的历史很长，有许多符号像甲骨文一样，从古至今，一直不曾消失，并被举世公认。但是，中国没有索绪尔，没有符号学。

最近在网上买到一本《中国纹样史》，虽是二手的，也让我甚是兴奋。按照时间顺序，从原始社会到明清之世，它把纹样的产生和衍变，把代表性纹样、释义及民俗含义，清晰地梳理了一遍。

所谓中国纹样，大致分为三种：历史传承纹样、时代流行纹样、一般纹样。其中，传承纹样是固定的，流行纹样是变化的，一般纹样是杂存的。在传承纹样里，龙纹来自红山文化，鱼纹来自仰韶文化，鸟纹来自庙底沟文化。夏、商、周、汉的贡献，则是饕餮纹、夔纹和云雷纹。然而，五千年文明史，最有代表性的传承纹样，却是鱼、鸟、龙。

我瞪大了眼睛，想在那些纹样里找到莲花，却见她被排在第七章，已经是三国两晋南北朝时期，而且被排在第二节，划入时代流行纹样一栏。流行纹样有三个：莲花纹、忍冬纹、神佛纹。莲纹之所以在前，竟与佛教在中土盛行有关。一朵中国人熟得不能再熟的花，却要沾佛教的光。

下一章是隋唐时期，流行纹样里已经没了莲的影子，她被划入“一般纹样”，而且被划成“情爱题材”：连理枝、并蒂莲、比翼鸟、同心结。上一章还是正儿八经的“莲”，这一章却变成了“并蒂莲”，便想起白居易的《长恨歌》，想起唐代曾是一个情爱泛滥的时代。国家最高统治者所爱的女人叫杨玉环，而“玉环”是莲花的别称。有人认为，正是这个让唐玄宗神魂颠倒的玉环，这个让唐玄宗与之并蒂的玉环，差点儿就把大唐社稷毁于一旦。或许，这便成了编撰者的理由，把并蒂莲归于情爱题材，降为一般纹样。

更令我纳闷的是，在这本书里，莲纹一直未被列入历史传承纹样。而事实上，不同的时代，不同的物体，几乎都有莲纹装饰其上。从远古的土陶青铜，到汉唐的金银玉器，宋代的官瓷，明清的景泰蓝，莲纹不知装饰了多少人的梦。这本书的编撰者，竟忽略了这一点。

有近代考古成果证实，最早的莲纹出现在陶器上。

在黄河下游的大汶口文化遗址，曾出土一只距今五千年至四千年煮肉烹鱼用的三足陶器，在封口处有莲蓬状的透气筛眼。可以猜想，倘若当时制陶者不曾摘食过莲实，就不可能把莲蓬装饰在这只白陶鬶上。此外，在长江下游良渚文化遗址，曾出土几块四千年前的陶片，在隐约可见的刻划纹里，缀有斑斑莲点。或许，古人刚刚吃净了盛在陶器里的莲子粥，它就被摔成一地碎片。

青铜也是莲纹的一种载体。

春秋时代，莲纹已成为各种青铜器皿上常见的装饰。最生动的是那只春秋早期的莲鹤方壶，盖顶为莲瓣，中有立鹤，正做振翅欲飞状。此外，晋国墓出土了一对晋侯壶，壶盖上装饰着波带纹的镂空莲瓣，造型美观别致。

战国时期的两个容酒器，在当今非常著名。一个是令狐君嗣子壶，一个是曾侯乙簋，也都沿用莲瓣装饰顶盖不变。在湖北省博物馆，有曾侯乙专馆，那年去武汉，不只见了那只著名的簋，还见了那组著名的编钟，见了楚文化神秘的黑和红。

在陶和青铜之后，是瓷。

南北朝时，莲是佛花，瓷器是佛具，所以，在白、黄、青釉瓷器上，有着各种莲纹，各种姿色。

在隋唐至明清的一千多年间，瓷器更是从渐盛至全盛，南北各地名窑辈出，工艺更加精湛，莲纹更加丰富。或是圆肥的仰瓣莲纹，或是高足饰的覆莲瓣纹，或是满刻的莲瓣纹饰，或是中为莲蓬、环以莲瓣纹饰，或是通体浮雕莲瓣，或仰莲形，或覆莲形……瓷是中国的代名词，在瓷上覆莲，是一种文化的“混血”。

金银玉器，早在秦汉已经流行，却在魏晋始见莲纹，直至大唐

清　恽冰《蒲塘秋艳图》

盛世。

武则天与女儿太平公主出游时，曾写过一首《游九龙潭》，我极喜欢“酒中浮竹叶，杯上写芙蓉”一句，写的是山树水景，更是壮怀豪气。喝竹叶美酒，那酒是武氏家乡特产；端芙蓉玉杯，那芙蓉可比武氏自己脸色。武氏虽然最爱牡丹，但是牡丹是一种富贵的艳，过于夸张；芙蓉是一种高洁的艳，隐而不喧。武氏出游嬉水，自然喜欢杯上芙蓉。

也是唐代，有一尊鸳鸯莲瓣纹金执壶。莲是这样表现的：盖钮饰莲蕾状花瓣，钮檐饰覆莲瓣两周，其下饰四朵花瓣，颈间交接处饰覆莲瓣一周。壶肩和下腹，则用连珠花纹分隔：上部以四朵莲花为中心，抱合蔓草纹，中部饰鸳鸯和蔓草纹，底部饰三层仰莲纹，壶嘴亦饰仰莲瓣花朵……

所有的构图，都是为了突出莲。莲已然是唐代匠人的灵感之花，莲也让唐代工艺把瑰美表达到了极致。

莲纹不只装饰器物，也装饰建筑，同样历史悠久。

屈原《湘夫人》云：“筑室兮水中，葺之兮荷盖。”“芷葺兮荷屋，缭之兮杜衡。”

在《离骚》里，莲是衣裳。在《湘夫人》里，莲是房屋。虽是一种比兴，却是第一次以奇美的建筑形象，出现在屈原笔下，以荷盖与荷屋，表达对湘水之神的缱绻思念。

《尔雅》云：“荷，芙蕖，种之于圆渊方井之中，以为光辉。”

东汉王延寿《鲁灵光殿赋》云："尔乃悬栋结阿，天窗绮疏。圆渊方井，反植荷蕖。发秀吐荣，菡萏披敷，绿房紫菂，窋咤垂珠。"

《宋书·礼志五》载："殿屋之为圆渊方井，兼植荷花者，以厌火祥也。"

圆渊方井，反植荷蕖，指的是古代建造宫殿的时候，在天花板上"图以圆渊及芙蓉花叶。花叶向下，故云反植"。圆渊，即圆形水池，状如井形。就是说，早在两千多年前，莲就已经给建筑做了装饰，而且与建筑构成一种和谐之美。

最多见的，是把莲花刻在瓦当上。

中国古建筑何时使用瓦当已经失考。商代晚期，宫室、宗庙之类的大型建筑，尚是茅茨土阶，未用陶瓦。西周时代，不但大量用陶瓦，而且会因为建筑结构与功能不同，制作大小不一、形制有别的板瓦和筒瓦。

瓦当，即房屋檐际的盖头瓦，是筒瓦末端的下垂部分，俗称筒瓦头。汉代瓦当，有许多异名，但是后世一直叫瓦当。它属于建筑构件，经过历代工匠不断揣摩、不断加工，越来越具有装饰性，也越来越有审美价值。瓦当的图案五花八门，大致可分为花纹、文字、花纹兼文字三种。

汉以前的瓦当，有圆形、半圆形或多半圆形，上面除了宫殿名，多是青龙、白虎、朱雀、玄武、卷草、夔龙等图案。汉以后的瓦当，都是圆形，图案几乎是莲纹一统天下。

洛阳有一座北魏官府建筑群遗址，出土了各种瓦件，包括筒瓦、板瓦、兽面瓦、鸱尾瓦，当然还有莲瓣纹瓦。

西安有一座唐代的兴庆宫遗址，出土了大量的灰瓦、黑瓦、琉璃瓦，受佛教影响，光是莲纹瓦当就有七十多种。

南京是六朝古都，也出土了许多瓦当，其中莲纹瓦当最是精美。

佛寺和佛窟，也是一种建筑。

在所有寺庙里的装饰图案中，莲纹是当然的主打。佛窟里的莲纹，却是独特的一类。最早去过辽西的万佛堂石窟；之后，又去过龙门、敦煌、云冈石窟；再之后，去过祁连山下的马蹄寺，其实也是石窟。

记得，在云冈石窟内，有四个北魏建筑风格的藻井图案，其中有三个与莲花有关。一个是莲花与飞天构成的图案，另外两个是单纯的莲花图案。莲的花心呈正圆形，外有两重大莲瓣，大莲瓣外，又各有一重小莲瓣夹在大莲瓣之间，构图之雄浑，造型之古朴，有一种令人心惊之美。

在龙门石窟，看到了更多的莲花。著名的卢舍那大佛，即端坐于八角束腰莲花座上。著名的莲花洞顶浮雕，就是一朵美丽的大莲花，而围绕着大莲花，还有六个手捧果品的大型飞天浮雕，精细繁缛的文饰雕刻，使整个藻井灵动而祥和，一改眼熟的宁静幽深。而且，莲花雕刻不止在藻井，几乎所有的洞窟石壁上，都刻满了大大小小的佛龛，各处各样的龛额上，都能看到无所不在的莲纹。

正因为如此，我一直纳闷，在传统的纹样里，莲纹为何排不上座次？

就说现在，不光是宗教场所，即使是世俗的日常，莲纹何处不能见？从男人们喜欢用的茶具，到女人们喜欢穿的茶服，甚至包括雨伞、扇子、首饰等，在中国的符号体系里，莲纹早就与中国结、祥云、龙凤平起平坐了。

君子花

在我的近前，有许多我喜欢的女人。因为经常在一起聚，女人们就想有个名头，因为都喜欢周敦颐的《爱莲说》，于是就注册了一个社会组织叫“爱莲会”。女人们说，爱莲会应该有个会歌，我便写了一首独白式歌词：

> 我是素面的莲/濯清涟而不妖/我是洁心的莲/出淤泥而不染/我是自在的莲/中通外直不枝不蔓/我是唯美的莲/亭亭净植幽幽香远
>
> 有人独享冷艳之秋菊/众生更喜富贵之牡丹/我要用莲的光芒/点燃一盏灯的亮/我要用莲的爱意/倾诉一个字的暖
>
> 红尘喧嚣中/爱莲者素心若雪/天高云白处/爱莲者彼此遇见

爱莲之歌，一直被这群女人吟唱着。素面的莲，已经成了这群女人额上的美痣，也成了这群女人内心的信仰。

中国有“观物比德”的文化传统。早在先秦就已经有“比德”之说。《管子·小问》云：“何物可以比君子之德。”《老子·道德经》云：“上善若水。”《论语·子罕》曰：“智者乐水，仁者乐山。”“岁寒，然后知松柏之后凋也。”

“比德”是一种自然审美观，就是把自然物人格化。以草木、花卉、山水比德，在古典艺术里处处可见，且是中国文化所独有。

在屈原的《楚辞》里，有“善鸟香草，以配忠贞；恶禽臭物，以比谗佞”。在后世的文人画里，梅、兰、竹、菊，被称为“四君子”，也是约定俗成的比德之物。荷花虽在四君子之外，却是比四君子更古老的比德之花。

《诗经·邶风·简兮》：“山有榛，隰有苓，云谁之思？西方美人。”

《诗经·郑风·山有扶苏》：“山有扶苏，隰有荷华，不见子都，乃见狂且。”

《诗经·陈风·泽陂》：“彼泽之陂，有蒲与荷。有美一人，伤如之何？寤寐无为，涕泗滂沱。”

写在《诗经》里的荷花，比德的对象是女子，是情爱。因为女子和情爱，与原始的生殖崇拜有关，莲瓣似女阴，莲蓬如子宫，因为莲蓬多籽，象征着旺盛的生育力。荷花自此就成为以荷

清 赵之谦《花卉图》

比德之雏形。

春秋战国，既是一个乱世，也是一个激情与理性交织的时代。在《楚辞》里，有十篇写到荷花。可以说，在文学史上，屈原是第一个以荷花与士大夫比德的诗人。在屈原眼里，荷花不再是《诗经》里的女子，而是特立独行的自己。正是屈原披着绿芰红荷出场，第一次将荷花高高举过了世俗的目光，抵达了一个文人的精神之巅。如司马迁在《史记·屈原贾生列传》所云：“其志洁，故其称物芳。”

魏晋六朝的诗歌，比德的意味弱了下来。但是，湖泊里的荷花、诗歌里的荷花，散发着神秘和灵异气息，且是主观视角，诗人不只是写花，也在写态度。曹植《芙蓉赋》云：“览百卉之英茂，无斯华之独灵。”闵鸿《芙蓉赋》云：“乃有芙蓉灵草，载育中川。”夏侯湛《芙蓉赋》云：“潜灵藕于玄泉，擢修茎乎清波。”

南朝素有礼佛之风。不论在湖泊里采莲，还是在庙堂里供莲，荷花皆为佛教圣物，写出的文字，也罩上了一层迷离的佛光禅影。梁武帝曾以莲花与佛理相喻，写了一首著名的《净业赋》：“皇天无亲，唯与善人。外清眼境，内净心尘。不染不取，不爱不嗔。如玉有润，如竹有筠。如芙蓉之在池，若芳兰之生春。”梁元帝曾写《法宝联璧序》，里面也深含佛教寓意：“俱宗出倒，莲花起于淤泥。”

在武帝和元帝父子之外，还有谢灵运和谢朓叔侄，他们也写了许多荷花诗。只是，既不见了灵异，也不见了佛性，荷花成为真正的审美存在。“衰荷”作为文学意象，在谢朓笔下开始定型。“飒飒满池荷，翛翛荫窗竹”，“风碎池中荷，霜剪江南菉”，“夏木转成帷，秋荷渐如盖”，“间厕秋菡萏，出入春凫雏”……惆怅和忧思，读之可感，其实是对荷花人文意义的另一种表达。

最清新的一页在唐宋。

中唐的文人士大夫，偏爱白莲与秋荷，以素为绚，喜欢“清美”。如陆龟蒙《白莲》所云：“素蘤多蒙别艳欺，此花真合在瑶池。无情有恨何人觉？月晓风清欲堕时。”正是这个调子，给后世的《爱莲说》早早做了铺垫。

宋人也喜白莲和秋荷，赞其“清贞”，与唐人颇有相似之处，却比唐人更在乎对其内在的体认。所以，《爱莲说》终由周敦颐写出；所以，以荷比德，至宋代升至高峰。

传统的比德之花，当然不止荷花一朵。南宋史浩的《花舞》，有“十一客”之说：牡丹，贵客；瑞香，嘉客；丁香，素客；兰，幽客；蔷薇，野客；荼蘼，雅客；荷花，净客；桂花，仙客；菊花，寿客；梅花，清客；芍药，近客。南宋末年，又有“六友”之说：静友兰，直友竹，净友莲，高友松，节友菊，清友梅。

与诸花相比，荷花之德在于“净”，净客、净友之名，荷花也确实担当得起。因为换别的字，就疏略物色，无以抵达。

谁都知道，荷花虽是水生，却不是丛生，而是“守一茎一花”之节，叶大而茎细，“独立不迁”，“横而不流”，婀娜摇曳时，颇有士大夫超然物外、孤芳自赏、落落不群之人格意味。所以，北宋苏东坡《荷花媚》云："天然地、别是风流标格。"南宋张孝祥《鹧鸪天》云："可意黄花人不知，黄花标格世间稀。"

"标格"一词，由苏东坡首创，借用者不止张孝祥一个，在别人笔下也屡屡可见。所谓的标格，即与众不同，而且生来就自成一格，可知苏氏对荷花是何等高看。

自《爱莲说》问世，荷花家族便诞生了一个新品种：君子莲。古人对各种花都有诠释，从未有一种花被诠释得这么好。

周敦颐是宋代理学宗师，所以，他要以莲花喻君子。给我的感觉是，生在宋代的他，是在与上古的屈原隔空对话。

屈原的"制芰荷以为衣兮，集芙蓉以为裳"，是用外在的修饰来象征内在的修养，以此表达自己高洁的志趣，不与世俗同流合污的决心。但是，《楚辞》里的荷花，还只是众多芳草中的一种，不具有特定的象征性。

周氏《爱莲说》里的荷花，却是以君子之花的内在气质问世，而且一句一美，七句，写了七美，儒家的君子人格，被他写了个圆满。

曾有人吹毛求疵，说《爱莲说》照抄了佛法。的确，理学的以荷比德，来自释家的以莲比佛，"出淤泥而不染"一句，即源于佛教的"不染"说。但是，荷花本身就具有"不染"和"不妖"之意，被周氏援禅入儒，以儒解禅，何错之有？如果周氏不写《爱莲说》，此语就留在佛经里，世俗社会或一无所知，正因为周氏写了《爱莲说》，而让中国多了一部有光的文学经典，何错之有？

事实上，对《爱莲说》毁谤者毕竟少，有宋一代，就曾引无数君子与之和鸣。

袁甫《马实夫君子堂记》云："菡萏诗歌，芙蓉骚赋，曷取哉？比德也，我德之清其清也，我德之芳其芳也。"

包恢《莲花》云："暴之烈日无改色，生于浊水不受污。疑如娇媚弱女子，乃似刚正奇丈夫。有色无香或无实，三种俱全为第一。实里中怀独苦心，富贵花非君子匹。"

柴中行《敬题濂溪先生书堂》云："一诵《爱莲说》，尘埃百不干。"

的确，"出淤泥而不染"意出佛典，但是"中通外直"却属于周氏的原创。中通为体，自修心性；外直为用，立身处世。这是典型的儒家伦理。与他同代的黄庭坚读懂了，其《濂溪词并序》曰："舂陵周茂叔人品甚高，胸中洒落，如光风霁月。"

至于"香远益清"，无关味道，而是士大夫"行发乎迩而见乎远"的人格感召。所以，任大中《送周茂叔赴合州佥判》云："绿水泛莲天与秀，蜀中何处不闻香。"许顗《彦周诗话》云："世间花卉，无逾莲花者，盖诸花皆借暄风暖日，独莲花得意于水月，其香清凉，虽荷叶无花时亦自香也。"

称荷花为"君子"，写在与菊和牡丹的作比之后。菊花隐逸，遗落世事，牡丹富贵，沉湎世俗。唯有荷花，可称君子，既有入世之意，也有超世之志。菊与牡丹，皆与周氏所尊的君子人格有距。不过，在后世的诗词中，虽不见了牡丹，菊与荷却常常是此呼彼应。谢枋得诗云：“莲如君子甘离世，菊似逸民难出山。”倪文一诗云：“编篱已种渊明菊，凿沼还栽茂叔莲。”柴元彪诗云：“三迳故人菊，一池君子莲。”或许，菊比牡丹更澄净，也更君子吧？

正是君子之花，引来“君子”之说。两宋之世，文人士大夫纷纷争做君子，并自以为荣。

宋代君子，大致有三种：志士、隐士、贫士。志士和隐士，与朝廷昏庸、政治黑暗有关，贫士却是普遍的存在。

最有意思的一个人，名叫颜子云。他是失意书生代表，也是贫士代名词。郑刚中曾以白莲作比，为颜子云作诗一首，其序云：“白莲，草亭前盆池所出也。惯见红华，忽遇此本，孤高淡素，有足爱者。众皆以比妇人，而予独以拟颜子云。”其诗云：“薰然蓄积为德馨，表晨绝尘无与比。黄昏陋巷风雨寒，细看岂非颜氏子。”

其实，《爱莲说》给以荷比德提供了一种范式。其后，凡是咏莲赋作，皆有“君子”之影，而且皆在复制或照抄周氏之语。

明代《群芳谱》云：“凡物先华而后实，独此华实齐生。百节疏通，万窍玲珑，亭亭物华，出淤泥而不染，花中之君子也。”

康熙帝《御制西苑芙蕖赋》也说得直白：“盖其濯素挺生，拔泥不滓。外直中通，花荣实旨。洁比高人，清同君子。”

荷花生于水中，难于采摘和攀折，故有所谓“可远观而不可亵玩焉”。此语，也在说荷花的君子之德，清洁端凛，不可侵犯。这种清冷，这种孤高，表现在真正的文人身上，既是审美趣味，也是自我标榜。

这样的标榜，并非炫耀，而是与世俗拉开距离。

有一年，作家出版社要出版一本《散文家喜欢的散文》，让我选一篇并写出理由，我选的作家是张承志，选的作品是《清洁的精神》。因为那篇文字，让我喜欢上一个名词：洁意识。那篇文字，也让我看到了一个真相，在当代知识分子身上，文人士大夫的传统品格已日渐缺失。

孤独的张承志，因此而绝望，也因此而逃离。我因此而对张承志肃然起敬，《清洁的精神》也因此被我视为当代版的《爱莲说》。

圣　花

曾以为，各大宗教都一定有自己的圣花，事实却是，唯有佛教，以荷花为圣物。

与皇家园林和私家园林一样，寺院园林的池塘也种着荷花。不同的是，在皇家园林和私家园林里，荷花只是用来装点和观赏的植物花卉，在寺院园林里，荷花是佛教的象征，植物属性在其次。

在大雄宝殿内，佛祖释迦牟尼身穿通肩大衣，手作说法印，结跏趺坐在莲花台上。据说，这是释迦佛祖修道成佛后向信徒们讲经说佛的姿态，慈眉善目，莲眼低垂。

身居“西方三圣”之首的阿弥陀佛，也结跏趺坐在莲花台上，双手仰掌足上，掌中托着一个莲台。据说，这是在指引众生往通西方净土。

以大慈大悲闻名的观音，身穿白衣，坐在莲花之上，一手持净瓶，一手执白莲，仿佛在对着大千火宅洒下甘霖。据说，这是在指引信徒脱离尘世，抵达莲花盛开的佛国。

寺庙的建筑、佛像、僧侣乃至礼佛用具，皆有或雕或绘或绣的莲花图案，或以莲名之。可谓莲花朵朵，无所不在。佛教庙宇，曰“莲刹”；佛祖手，曰“莲花手”；僧尼受戒，曰“莲花戒”；僧尼袈裟，曰“莲花衣”；善于说法者，曰“舌上生莲”；苦行而得乐，曰“归宅生莲”；最早的佛教结社，曰“莲社”……凡此种种，莲与佛教结缘至深。或可说，莲即是佛，佛即是莲。于庄严之中，散发一种神圣的美、神秘的香。

印度是莲花的国度。在上古印度的自然崇拜中，莲花就一直被神化着，象征神圣与不灭。

据印度文献《吠陀》载：莲神生于莲花，站在莲花上，戴着莲花的花环。一尊头上戴着莲花的裸体女神像，在恒河流域出土，被专家鉴为公元前三千年的遗物。

在解释世界起源时，居住于印度次大陆中部的比罗尔族，亦有相似的传说："最初，天下皆水，有莲生出水面。是时巨神居于阴间，经莲茎出至水上，以莲花为座。"于是，莲花座，就成了一个固有名词，也成了一个固定姿势。

印度的古典文学作品，常以莲花比喻美丽的姑娘。著名史诗《罗摩衍那》载："悉多有位女郎长得仪容秀美，浑身却像涂上污泥的莲藕，闪光的美容从不显露。"一位印度古代诗人，也曾用古梵文描写自己的爱人："卿眼如莲苞，手如莲花，臂如莲藕。"

莲花已然是印度的文化基因。所以，自佛教诞生之日起，莲花就是一个与其无法拆分的意象。我不是佛教徒，但是读过几部佛经，对佛教有一种文化上的理解和尊敬。

正因为如此，每当走入寺院，或诵读某部经书，就会与莲花不期而遇，脑子里也会浮出几个与莲有关的词汇，比如"七宝莲花""步步生莲""拈花微笑"。

《阿弥陀经》载："极乐国土有七宝池，八功德水，充满其中。……池中莲花，大如车轮，青色青光，黄色黄光，赤色赤光，白色白光，微妙香洁。"

"七宝"里面，荷花只有两种：白色的芬陀利花、红色的波头摩花。另外五种是睡莲：优钵罗花是蓝睡莲，拘物头花是黄睡莲，泥卢钵罗花是杂色睡莲，其余两种都是白睡莲。然而，不论荷花或睡莲，在所有的佛经里，都叫莲花。

清 吴昌硕《荷花图》

七宝莲花，以莲瓣多寡分为三种：人华、天华和菩萨华。佛经说：人华者，莲瓣仅十余而已；天华者，莲瓣达数百；菩萨华者，莲瓣多达千数，即佛教最尊崇的千瓣莲。

有意思的是，印度的国花是荷花，而非莲花。更有意思的是，只有大乘佛教的佛像座是荷花，别的佛像座，其实都是莲花，也就是睡莲。

但在佛教徒那里，睡莲与荷花是不分的。因为佛经说："天上莲花，能随缘，视需要开花，让众心喜悦，说它们是假却又是真，其实都在一心，所以称之为妙莲华。"

这就是为什么，大乘经典叫《华严经》：一朵莲花，已成为一个庄严世界。

"步步生莲"这个词，最早是在南朝史里看到的。

齐国废帝东昏侯挥霍无度，把金子凿成莲花形状贴在地上，让宠妃潘玉儿在上面款款行走，然后赞曰："此为步步生莲也。"东昏侯被杀后，潘玉儿也被认定是亡齐的祸根，被逼迫嫁给一个将军，潘玉儿不肯"下匹非类"，故而自缢身亡。

在中国正史上，潘妃虽然没有杨贵妃那么有名，但也没逃过文人的法眼。苏东坡就有过一句慨叹，"玉奴终不负东昏"。李商隐则写了一首《齐宫词》："永寿兵来夜不扃，金莲无复印中庭。梁台歌管三更罢，犹自风摇九子铃。"

其实，步步生莲是一则佛经典故，并不是东昏侯的原创，他在皇宫内以金贴莲、步步生莲，属于无度的世俗享乐，对佛是一种巨大的冒犯，终成亡国之君，也是因果报应。

在佛教故事中，佛祖释迦牟尼的母亲，长着一双莲花般的美丽清亮的大眼睛，而佛祖降生时，发生了两大奇事：一是在皇宫御苑内出现了八种瑞相，其中之一，是池中突然长出大如车轮的白莲花；二是从佛祖舌根上，放射出千道金光，每一道金光，皆化作一朵千叶白莲，每朵莲花之上，坐着一位盘足交叉、足心向上的小菩萨。

《佛陀本生传》亦云：佛祖一出生，就向十方各行七步，步步生莲花，并有天女为之散花。佛祖觉悟成道后，起座向北，绕树而行，也是一步一莲花，共有十八朵。

所以，步步生莲，重在说明莲花是佛陀与生俱来的，这也是为什么佛祖传教说法时，必以“莲花坐姿”，跏趺于“莲花座”上。

曹植有“览百卉之英茂，无斯华之独灵”，写的是人间之莲花。佛经有“又以诸华皆小，无如此华香净大者”，说的是天上之莲花。这是天壤之别，因为“人中莲花大不过尺，天上莲华大如九车盖，是可容结跏趺坐”。

终于知道，所谓步步生莲，在南朝史是宫廷秘闻，在佛国是佛门法器。

“拈花微笑”也是一个典故。

佛教有四大吉花：优昙花、曼陀罗花、莲花、山玉兰花。佛陀的伟大，在于不起分别心，拈花一笑，何必一定是莲花？事实亦如此，所拈之“花”，非莲花，而是四大吉花之一的优昙花。

事情发生在灵山法会上。佛祖释迦牟尼被大梵天王请到了灵山宣法，佛祖端坐其中，大梵天将一朵优昙花献给佛祖。众佛恭立，聆听佛祖宣法。佛祖拈花，向众佛示之。众佛面面相觑，一脸懵懂。只有摩诃迦叶尊者面带微笑，妙悟其意。于是佛祖将花交给迦叶，并把心印之法传授给了迦叶。之后，迦叶又得到佛祖的木棉袈裟和钵盂，因而成为禅宗的开山鼻祖。

大梵天献给佛祖的优昙花，实乃仙界之花。花色青白而无俗艳，远看就像花朵卷起了千堆浪，隐隐有瑞气缭绕其中。传说，此花生长在喜马拉雅山，三千年才开一次，观者受福，尊为佛家花。

佛祖拈花，迦叶微笑。这是禅宗境界。也是，宇宙的奥秘，不过在一朵寻常的花中，所以有了传诵至今的“一花一世界”。

在《华严经》里，或曰“佛土生五色茎，一花一世界，一叶一如来”，或曰“一花一世界，一木一浮生，一草一天堂，一叶一如来，一砂一极乐，一方一净土，一笑一尘缘，一念一清静”。

佛经里的莲花，朵朵硕而净。神圣即为净，望之生虔敬，思之知轮回。故《涅槃经》云，佛有四德：常、乐、我、净。《大正藏》云，莲花有四德：一香，二净，三柔软，四可爱。所以，唐代诗人孟浩然《题大禹寺义公禅房》云：“看取莲花净，应知不染心。”

净与染，是一种关系，矛盾的，冲突的，却也是可以转换的。

《大智度经·释初品中尸罗波罗密下》载："譬如莲花出自淤泥，色虽鲜好，出处不净。"《无量寿经》载："清白之法最具圆满……犹如莲花，于诸世间，无染污故。"由此知道，周敦颐的《爱莲说》，原是在这里汲取的营养，周氏的不俗在于，只用一句"出淤泥而不染"，便把儒家和佛家给打通了。

相对于儒家理学的"出淤泥而不染"，释家佛教的"出淤泥而不染"意义更广。在小乘佛教，是"不著世间如莲花"；在大乘佛教，是"譬如高原陆地，不生莲花；卑湿淤泥，乃生此花"。前者是"不著淤泥故不染"，后者是"虽著淤泥却不染"。前者是"出"而不染，后者是"处"而不染。前者是"离"染就净，后者是"即"染即净。

将两者细分之后，就可察出区别，前者易，后者殊难。即染即净，连李叔同都做不到，修得那么好，还是要远离红尘："一花一叶，孤芳致洁，昏波不染，成就慧业。"

佛教谓尘世如火，居于其中，唯有清净可解，正如莲花之本质。有云：

其姿挺展，日艳且鲜；其貌熙怡，傲然独立；其根如玉，不着诸色；其茎虚空，不见五蕴；其叶如碧，清自中生；其丝如缕，绵延不断；其花庄重，香馥长远；不枝不蔓，无挂无碍；更喜莲子，苦心如佛；谆谆教人，往生净土。

这是我见过的对佛教圣花最完美的解释。

在中国，荷花原本是喂养众生的食用之花，转而成为文人之花，君子之花。魏晋后，文人们写了许多《芙蓉赋》，纷纷以莲为镜，洁身自处。《爱莲说》一出，更是影响了无数人，其中就有与周敦颐同在宋代的陆游。

据《剑南诗稿》载，陆游七十八岁那年，曾梦一故人对他说："我为莲华博士，专管镜湖，如今我要离开了，你能代我掌管月光风露，维护莲花吗？每月你将得到千壶酒作报偿。"从此以后，陆游一刻不曾忘怀莲花博士的美梦。几年过去，陆游病重，竟然又做了一个莲花梦，梦中的他果真行走在万顷莲花之中。

佛教有"花开见佛性"之说。人有了莲的心境，就有了佛性。那么，陆游做了莲的梦，应该也是"抱性一何洁"了。

瑞　花

有一年，在广州增城参加笔会，去了一个并不出名的小村落。走到一户人家房前，有人便指着那个院落告诉我，这家风水好，前有照，后有靠。问其究竟，便说，屋前这个池塘是照，屋后那座小山是靠。细一看，果然如此。池照如镜，里面种满了莲花，山矗如屏，坡前种满了翠竹，宅居此间，自然安详。

之后，又去过安徽的西递和宏村。比较起来，增城那户人家显然是小巫见大巫了。西递和宏村，不是哪一家一户有靠，也不是哪一家一户有照，而是两个村后都有连绵的山为靠，两个村前都有一面巨大的池塘为照。因为一个村不是几个小家庭，而是一个大家族。西递姓胡，宏村姓汪，靠和照，全村共用一个就可以。关键在于，西递和宏村前的池塘里，也是满池荷花。

江南的乡村不缺水，所以在江南乡村的风水里，一定会有荷花。尤其是古村落，尤其是名家名宅，不但风水布局有统一的法度，在池塘里种莲也惊人地一致。

人类自古就是临水而居，掘藕以食，只不过远古的人类，讲的不是风水，而是生存。有风水意识，说明古人的心智成熟了。《黄帝内经》《易经》《道德经》，是心智成熟的结晶，道家与道教，旨在告诉古人如何生活。

就时间而言，道家始于春秋，道教形成于魏晋。就内容而言，道家以道为旨，道教以术为要。风水属于道教，是道教的派生物，也叫青乌堪舆之术。在道教经典《道藏》里，收录了风水经典《宅经》，吃农耕饭的中国人，一向以家宅为重，自然就成了风水的信徒。

在我住的城市附近，有个依山而建的响水观，正门前有个巨大的水池，一条盘附在石壁上的蟠龙口吐清泉，其下是一只碧蟾蜍，蹲伏在巨大的荷叶之上，蟠龙吐出的水，正好落入蟾蜍口中，叮咚作响。响水观之名，即由此得来。这是一组巨型彩色雕塑，蟾蜍座下的那片硕大的荷叶，荷叶旁边那朵盛开的荷花，与龙蟾一起构成了祥瑞之气。整个水池景观，其实就是道观的“前照”，也是道观的风水局。

道教是中国本土宗教，很接中国地气，久而久之，道教文化与民俗文化就混在了一起，变成盛行于民间的传统文化。因为这个文化建立在农耕社会根基之上，在中国人生活中就蕴为两大特色，一个是囤积，一个是祈福。囤积，是因为靠天吃饭，丰歉不定；祈福，也是因为自身难求，富贵在天。囤积要的是物质保障，祈福要的是精神慰藉，总体来说，就是缺少安全感。

住宅风水，属于祈福的一种。其实，住宅是一个整体，前有照，后有靠，只是其中的一部分。比如宅院本身，比如建筑装饰，比如牌匾字画，无一例外，皆有祈福元素。

有一年，曾驻北大访学，趁着国庆假期去山西游玩，看了一座古城，看了两个大院，古城是平遥，大院是王家和常家。我的祖上是琅琊王氏一系，王家大院的祖上是太原王氏一系。因为是同姓，王家大院给我的感觉就格外亲切，看得也分外仔细。

虽是北方风格的民居建筑，与徽派民居的三雕技术相比，王家大院的砖雕、石雕、木雕也毫不逊色。传统的荷花图案，更是举目皆是，照壁、屋脊、墀头、瓦当、墙基石、门枕石、柱础石、上马石、栏杆、挂落、帘架、雀替，凡是可以雕可以画的地方，都有荷花，无所不用其极。

雕有两种存在形式。一种是质地，有砖，有石，有木，它们是实体的物象，有用而且美观。一种是图案，每个图案都是故事，而且是精神的表达，有教化和祈福意义。汉字所具有的张力和丰富的意义，我也是第一次这么集中地感受。比如荷或莲，既用汉字的寓意，也用汉字的谐音，所有能用之处，都是恰到好处。

王家大院只是一个缩影，这里的每一块雕艺，都是祈福文化的注脚。这样的表达，在中国任何一个院落里，都能随意碰到。上自宫廷，下至民间，约定俗成般地把汉字和心愿编织起来，做出一个个经典图案。

图案一：一路连科。由荷花与白鹭、芦苇组成。鹭与路谐音，莲与连谐音。芦苇是水中丛生植物，连棵生长，故谓“连科”。大意是祈求上天保佑，科考连连及第，金榜题名。

图案二：连年有余。荷莲、童子、鲤鱼，这是最常见的年画元素。乡村的春节，贴春联，贴窗花，贴年画，最是吸睛。此外，还有“肥猪满圈”“金鸡满架”“抬头见喜”“步步登高”之类的小标语，与年画一起渲染年味。

图案三：百年好合。由荷花、盒子、百合、万年青组成，它们是四种吉祥物，放在一起构图，以此来为新婚祝福。这是一种特指，指的是“洞房花烛夜”，而不是“金榜题名时”。

图案四：连生贵子。莲花和桂花，或莲花笙与小孩子，成为构图主体。莲与连谐音，桂与贵谐音，笙与生谐音。与之相配合的，还有当地婚俗，最通常的做法，就是在新人的被单上撒满红枣、花生、桂圆、莲子。多子多福，曾是中国人一直恪守的家族信仰。

图案五：并蒂同心。并蒂莲，也叫并头莲、同心芙蓉。《花镜》云：“并头莲，红白俱有，一干两花。”《幽梦影》云：“莲之并蒂，其夫妇也；兰之同心，其朋友也。”并蒂，喻男女好合，夫妻恩爱，这样的图案，何止雕在墙上，也绣在枕上。外加喜联：“比翼鸟永栖常青树，并蒂花久开勤俭家。”一个意思，各种表达。

图案六：鸳鸯戏荷或鱼戏荷花。这是两个最常见的组合。鸳鸯与“成双成对”有关，鱼与“鱼水之欢”有关。对男女情事，中国人往往只做不说，用现在的词，就是“闷骚”。好在有荷花、鸳鸯、鱼和水，可以通过打比方，隐讳地释放人性之喜。

图案七：藕断丝连。以荷花象征爱情，早在唐代就有记载。王勃的《采莲曲》，即有“牵花恰并蒂，折藕爱连丝”。由此可以联想，什么是中国式爱情、中国式夫妻、中国式家庭，什么叫“如胶似漆”“缱绻悱恻”，什么叫“在天愿作比翼鸟，在地愿为连理枝”。

祈福源于农耕传统，以荷花祈福，已经把民俗给宗教化了，这是百姓自己创造的宗教，一种热爱生活的宗教。如此这般的寓意美望，以道教文化为主，也兼有儒教和佛教的文化内涵。因为荷花在佛教是圣花，在道教是瑞花，在儒教是君子花，所以诗云：“儒门释户道相通，三教从来一祖风。红莲白藕青荷叶，三教原来是一家。”

的确，荷花与道教并不相悖，她在道教象征着修行者。在《太乙救苦护身妙经》中，救苦天尊步摄莲花，法身变化无数，忽而女子，忽而童子，忽而风师雨师，忽而禅师丈人。

此外，道教有“莲花冠”，又名“玉清莲花冠”“上清冠”，这是道门三冠之一，其外形状似莲花，帽顶插有如意头。此冠在唐代流行，宋代沿用，以金玉来制，以珠宝来饰，属于道教冠帽最高等级。道士在做道场时，唯功高者可戴此冠。

道教的许多传说，也都和荷花有关。《封神演义》载：哪吒旧身亡后，太乙真人为之造就荷花宿体。用两朵荷花加上三片荷叶，再以金丹收哪吒之魂，念动起死回生之法，融入莲荷之中，令其以此身复活重生，并帮其恢复身形。外形似人体，虽然看上去是哪吒，本质上还是荷花。哪吒本是佛教神，在成为民间神之后，就被完全列入道教的神谱，既是个正统的神仙，也是个经典的形象。

荷花还是八仙之一的何仙姑手中的法器。相传，何仙姑于北宋聚仙会时，应铁拐李之邀在石笋山位列八仙。她是八仙中唯一的女性，能巧降及时雨，所以她的形象是手持荷花，被雅称“荷仙姑”。

正因为被赋予了道教的仙气，很多道教名山或叫莲花山，或叫莲花峰。华山之名，亦由“莲花山”简化而来，沉香劈山救母的道教传说，就发生于此。“自古华山一条路”，亦是道家门徒所修，道观林立的华山，则成了道教名山。

原始的本土宗教，大都从自然崇拜开始，带有万物有灵论和泛神论色彩。有物即有神，有形即有神，有气即有神，有色即有神，有光即有神。作为万物之精华的花卉，当然就有司花之神，即花神。如唐朝陆龟蒙《和袭美扬州看辛夷花次韵》诗云：“柳疏梅堕少春丛，天遣花神别致功。”

不过，有一点存疑，荷花成为道教瑞花，究竟从何时开始？查过资料，隐约感觉与佛教有关，或是拿来，或是移植。因为，至少哪吒和八仙的故事，出自宋以后的民间传说和神魔故事。因为，东汉之前，道家或道教，均不见荷踪莲影，更不见史籍记载。

皿　花

与花为伴，几乎是一种生理需求。早年最常买的花，多是玫瑰、勿忘我、康乃馨，而且每次只买一种，十几支或几十支，买回满满的一抱，插到大口的陶瓶里。只是玫瑰和康乃馨容易枯萎，能久留的是勿忘我，每每就把它留成了干花，直等那迷人的深蓝褪色了，再换新鲜的。

有一阵子，受欧式插花影响，买花喜欢繁杂，喜欢各种花混在一起的缤纷。因为喜欢，买新居时把家里的装修风格也定调为欧式。偶尔，也买单独的一种，比如一大束向日葵，找一只陶罐，插成凡·高的款式。

最近几年，突然觉得欧式插花有点喧闹，便玩起了日本的小原流，喜欢它的那份清简和澄静。也是机缘巧合，朋友做了一个茶文化空间，有沉香收藏，兼有花道传授，便在这里结识了小原流，且一下子就迷上了。

小原流，也叫小原流盛花，这是小原云心在19世纪末创立的花道新样式。“盛花”，就是以广口器皿即水盘为花器，使花材有如盛放在花器之中。以前的插花手法，都是以线条变化为主，小原流盛花强调面的铺开，这种用水盘和剑山的插花方式，为小原流所独创。然而，虽以盛花称之，在气质上仍隐隐有一种禅宗意味。而禅宗，也是从中国传入日本。

花道、茶道、香道，是日本人眼里的“三雅道”。花道，也叫华道，被日本人做成了一门具有鉴赏性的传统艺术，由师傅亲身传授弟子，折四季树枝、花草，插入各种造型精致的花器，尽意展示其姿态之美，目的在于表现对生命的尊重。

人与花，花与人，彼此吸引，然后互通灵犀，互为知音。否则，人的手，怎么会给花朵枝叶造出另一种样子，既道法自然，又比自然更自然？

当然，日本花道，起源于中国的佛堂供花，而且是当年的那些遣隋使、遣唐僧们，把这一佛礼教俗带回了日本。美国人说中国人偷了他们的东西，那日本人当年从中国偷去的东西更多，这个账该怎么算呢？

小原流等于是一次回流，把从中国拿走的东西，再堂而皇之地拿回来，给中国女人上课。心里既有不平，也有自惭和反省。曾是一个最有原创能力的大国，却在各种混乱中一路丢失，又一路抛弃，只剩下一个空洞的传说。比如，古老的汉字书法，在日本成了书道；原产于中土的香茗，在日本成了茶道；古人焚香熏衣的雅举，在日本成了香道；佛供和文人清供，在日本成了花道。此外，还有宫廷乐器尺八，也在唐宋时流入日本，在中国几乎失传。日本曾是点头哈腰的学生，一场甲午战争，先生被学生拍在沙滩上。这是可悲的历史，光是民粹式的愤怒不平，有用吗？

一边学习小原流，一边温习了一下中国的插花史。

近源来自佛前供花，远源来自先秦民间风俗。《诗经》："溱与洧，方涣涣兮。士与女，方秉蕳兮。……维士与女，伊其相谑，赠之以勺药。"这是青年男女最早的赠花场景，也是最原始的非容器插花记载。

容器插花，古人叫"皿花"，也叫"瓶花"。最早见于东汉浮阳侯孙程墓的墓道壁画，一个陶质卷沿盆，置于方几之上，内插等长、等距、同形的六枝红花。在画面右上方，还题了"戒火"两个字，有人曾对此做过考证，说《本草》有记载：景天，一名戒火，一名火母，主明目轻身。

插花的皿虽是陶盆，却是容器插花的雏形。

东汉末年，有印度佛经汉文译本问世。《修行本起经》云：“须臾佛到，知童子心时，有一女持瓶盛花，佛度光明，彻照花瓶，变为琉璃。”这是瓶花供佛最早的记载，却不知那瓶里插的是不是莲花。

魏晋时代，佛教已盛，所谓皿花，专指莲花。据《晋书·艺术传·佛图澄传》载，石勒召见佛图澄时，“勒召澄，试以道术。澄即取钵盛水，烧香咒之，须臾钵中生青莲花，光色曜日，勒由此信之”。

在南朝，也有以莲供佛的文字记载。《南史·齐武帝诸子》：“晋安王子懋，字云昌，武帝第七子也，诸子中最为清恬，有意思，廉让好学。年七岁时，母阮淑媛尝病危笃，请僧行道。有献莲华供佛者，众僧以铜罂盛水渍其茎，欲华不萎。子懋流涕礼佛曰：‘若使阿姨因此和胜，愿诸佛令华竟斋不萎。’七日斋毕，华更鲜红，视罂中稍有根须，当世称其孝感。”

在北朝，龙门石窟浮雕中，《皇后礼佛图》就是北朝宫廷法会的“莲供”现场：一名贵妇手执一枝莲花，两边各衬以比这枝莲花低一些的莲蕾，前边还有捧着瓶状之物的侍女。可见以莲供佛，在北朝的朝堂或后宫，已经成为一种制度性仪典。

南北朝时的皿花莲供，不只记在文献里，雕在石窟内，也和东汉一样，绘在墓葬砖上，而且比东汉更多，也更鲜明。比如，在南京油坊桥一座南朝画像砖墓内，就有一幅花供图，在墓壁柱的转角处，模印于小长方形砖的端面，一侧为插在净瓶的莲花，另一侧为置于果盘上的供品，两种纹样分别倒置，互为对称，堪称墓葬绘画精品。

文人雅士，尤喜皿花。更何况南北朝是个动荡的年代，士大夫为寻求精神上的慰藉，或寄情山水，或吟诗作画，或采折鲜花供置盘中。若待客会友，文人雅集，也一定有皿花。庾信是北周诗人，就曾作过一首《杏花诗》：“春色方盈野，枝枝绽翠英；依稀映村坞，烂漫开山城；好折待宾客，金盘衬红琼。”

红琼，是一种泛指，文人之间的友朋相聚，毕竟不是佛供，有莲可，无莲亦可，只要是花，就妙趣万端。

唐宋以降，皿花多称瓶花，也叫“瓶赏”。

李商隐《赠荷花》云：“世间花叶不相伦，花入金盆叶作尘。惟有绿荷红菡萏，卷舒开合任天真。”此诗不只在说红花虽好，却也要绿叶扶持的道理，还写了瓶赏的方式，取花堆放盆中，将绿叶弃之。

读苏东坡的《格物粗谈》，可以看出他对瓶赏相当有经验。比如，怎样延长花期，如何让花开得更美丽，已经有不少方法：“养荷花，以温水入瓶中，经纸蒙固，将花削尖簪，则花开且久。”“荷花以乱发缠折处，泥封其窍，先入瓶底，后灌水，不令入窍，则多存数日。”

在苏氏的《物类相感志》中，他甚至提到古人让荷花早开的办法："削去根少许，以蜡封之插瓶中，方入水则开，或以火烧，或以针于花蕊上扦数穴亦可，或于中间切少许亦可。"

苏东坡发明的瓶赏荷花窍门，被明代的徐光启收入《农政全书》，庶几成为明清瓶养荷花的指南。

元明之世，焚香、烹茶、插花、挂画，被文人雅士并举为生活四艺。他们优游俯仰其间，经常在手舞神移的时光里，释放生存的窘意。

元人张雨的散曲《水仙子》，即把这四种雅艺的清闲神韵毕呈纸上："归来重整旧生涯，潇洒柴桑处士家。草庵儿不用高和大，会清标岂在繁华？纸糊窗，柏木榻。挂一幅单条画，供一枝得意花，自烧香童子煎茶。"

以插花论，明代是个转俗为雅的时代，有一大群文人雅士涉足瓶花，不但赏花、插花，更有不少插花著作。开风气之先的是高濂的《瓶花三说》，而最为人所称道的是张谦德的《瓶花谱》与袁宏道的《瓶史》，它们被誉为中国插花典籍中的双璧。

有意思的是，张谦德在《瓶花谱》中仿照官秩等级，运用九品九命升降法来品鉴花卉的优劣，可谓浓缩花国万象于笔端，真实呈现花间景致于纸上。只是，他对莲似有不公，将其列为三品七命，在兰、梅、牡丹之后。

袁宏道写的《瓶史·品第》，也是品评瓶花的次第和高下。但他不是给不同的花种排座次，而是给同一种花排先后。比如，他说："梅以重叶、绿萼、玉蝶、百叶缃梅为上，海棠以西府、紫绵为上……莲花以碧台、锦边为上。”

瓶花或瓶赏，在清朝风气尤浓，经验之谈更多。

陈淏子《秘传花镜·养花插瓶法》称：“养不得其法，不特花即失神，亦且色不耐久。”

沈复酷爱荷花，亦素爱“瓶赏”，自称“喜摘插瓶，不爱盆玩”。有一年，他来到浙江杭州西湖，时值长夏，坐在断桥边的石阑上，不禁为眼前湖景陶醉：“白莲香里，清风徐来，令人心骨皆清。”

中国人插花，一直有佛供和清供之分。崇佛礼佛，多为佛供；修身养性，多为清供。当然，清供源于佛供。

清供是文人自创的，也是文人发扬光大的。魏晋时期，有一场著名的兰亭雅集。王羲之召集一众文人诗友，在会稽山阴之兰亭举行“修禊”活动，这是一种古老的民俗，为的是洗去冬日尘埃，感受春意。树丛中有人煮茶，有人弄酒，石头上放着一瓶花，就成了曲水流觞。那些花瓶和杯盏，其实就是清供的雏形。

那年夏天去兰亭，晴空骄阳下，荷叶如盖，花红如火。池边不远，就是今人造的曲水流觞。便想，当年的雅集是春日，池里的荷，正是菡萏未开，恰可折来以作清供，那诗那酒那雅集，也就因此而圆满了。

所谓清供，有两层意思：一指清雅的供品，如鲜花、香火和食物；二指清雅的器物或盆景，如文房清供、书斋清供和案头清供。

历代文人雅士，清供几成生活中必不可少的点缀。

更喜欢中国画里的清供，有点像油画里的静物。曾在一本画册里见过乾隆皇帝御笔《荷菊清供图》，画的左上方，还有一首长长的自题诗："菊放深秋荷孟秋，驻年仙境做同游。傲霜裛露诚无忝，开晚谢迟斯有由。卉里更谁堪伯仲，画中雅合擅风流。恰如隐士逢君子，一望应知气味投。

荷与菊，品格确然相近，都是"比德"之花。不只是乾隆皇帝，别人也这么搭配着画过。其实，不只是荷与菊，别的花也可，只要画出意境，就可当清供欣赏。

当然，最好的清供，还是瓶花或瓶赏。画上的花，是固定的，瓶里的花，却是变化的，可以花随心转，适合燕闲清赏。

家里有一间榻榻米，这里成了我自修小原流的道场。生活里，不同的人，有不同的偏好，或以抚琴为欢，或以饮茶为欢，或以收藏为欢。明人张岱有言："人无癖不可与交，以其无深情也。"据我观察，凡有癖好者，大多有趣，无癖好者，言行举止，总有寡陋之破绽。

小原流是我的清供，亦是我的癖。喜欢小原流，其实是喜欢禅意里的净和素。

后　记

写这篇后记时，大连正好飘落今冬第一场雪。

对我而言，为一朵花，写一本书，其实是一种冒险。何况，写的是荷花。因为一千个人，可以写一千种荷花。然而，怎么知道，我的这一种能算得上千分之一呢？于是断断续续，竟用了几乎一年的时光。春夏秋冬，阴晴寒温，我的心情随着荷花的表情，不断地起伏。搜古读今，远观近觑，荷花给予我的触感和开示，亦在不断地起伏升华。

荷花是大花、名花，我只能把她撕成碎片，再一点一点拼起，就像把玩五颜六色的魔方。绕来绕去，面面观，面面赏。总之，我拿出了最大的耐心，去看，去读，去聆听，去深思。然后，把荷花写成了一部长篇散文。

感谢李掖平老师，她是“一花一世界”的策划者，因为有了她的真诚邀约，而有了我与荷花的深缘，有了我为最可书可写的荷花作传的尝试。

感谢泰山出版社，在红尘喧嚷的时下，竟然把目光投向冷寂的花丛，高士之风，令人敬佩。我喜欢这样的合作，因为不流于世俗，因为非常地形而上。

我深知，荷花是花中之经典，早有大家名笔滥觞于前，我只是沐光而行，惶有添足之嫌。我在意的，其实是机遇，让我以这样的方式，与荷花相看两不厌。

2020年12月13日

写于大连星海湾

图书在版编目（CIP）数据

一花一世界. 荷花 / 素素著. 一济南：泰山出版社，
2021. 8
ISBN 978-7-5519-0633-3

Ⅰ. ① 一… Ⅱ. ① 素… Ⅲ. ① 散文集—中国—当代
Ⅳ. ① I267

中国版本图书馆CIP数据核字（2021）第047342号

YI HUA YI SHIJIE · HEHUA
一花一世界 · 荷花

策　　划 胡 威
主　　编 李掖平
著　　者 素 素
责任编辑 王艳艳
装帧设计 路渊源

出版发行 泰山出版社
社　　址　济南市泺源大街2号　邮编　250014
电　　话　综　合　部（0531）82023579　82022566
市场营销部（0531）82025510　82020455
网　　址　www.tscbs.com
电子信箱　tscbs@sohu.com
印　　刷 山东通达印刷有限公司
成品尺寸 160 mm × 240 mm　16开
印　　张 14
字　　数 160 千字
版　　次 2021 年 8 月第 1 版
印　　次 2021 年 8 月第 1 次印刷
标准书号 ISBN　978-7-5519-0633-3
定　　价 46.00 元